W0400251

Bernd Merkle

Gibts ebbes Neis?

Bernd Merkle

Gibts ebbes Neis?

Heitere schwäbische Kurzgeschichten und Gedichte

Mit Zeichnungen von Helga Merkle

Silberburg-Verlag

2. Auflage 2008

© 2007/2008 by Silberburg-Verlag GmbH,
Schönbuchstraße 48, D-72074 Tübingen.
Alle Rechte vorbehalten.
Umschlaggestaltung: Helga Merkle, Albershausen.
Druck: Freiburger Graphische Betriebe, Freiburg i. Br.
Printed in Germany.

ISBN 978-3-87407-768-2

Besuchen Sie uns im Internet und entdecken Sie
die Vielfalt unseres Verlagsprogramms:
www.silberburg.de

Inhalt

Beim Zaharzd

Ih han an Fraind, der isch Zaharzd, aber ih ben koi Fraind vom Zaharzd, wenn Se wissad, was e moin. Selbschd mai Zaharzdfraind sechd, er däd selber nia freiwillig zu ama Zaharzd ganga, es sei denn, s ging scho gar nemme anders. Er sei scho empfindlich, sechd r, ond er wiss, von was er schwätza däd. Also, do kommsch fai scho ens Griabla.

Ih woiß ja et, wia s Ehne gohd, aber des oguade Gfühl gohd ja scho wochalang vorher los.

Du hocksch gmiadlich beim Essa, kausch genüsslich vor de na ond beißsch uff oimal uff äbbas Hards. Des schiabsch a baar Mol em Maul rom ond probiersch, des uff dr andara Seide kloi zom kriaga. Nix zom macha. S wird et kloiner. Ond jetzd willsch doch gnau wissa, was des isch.

Vorsichdig sordiersch na des harde Bebbale mit dr Zong aus ond brengsch s na uff derra wia uff ama Servierbredd ans Tageslichd. Ond dord nemmsch s na zwischa Dauma ond Zaigefenger ond guggsch dr s genauer a. Vorher wirsch na no gfrogd, ob dr s et schmegga däd ond worom da so hoch beißa dädsch.

»Wia, was hosch denn do für a Bebbale?«

»Ih woiß et genau, ih sieh s et rechd.«

»Komm, lass seah. Des wird a Pfefferkörnle sai.«

»Des isch koi Pfefferkörnle, des hädd e vrbeißa könna.«

»Des wird doch et a Schdückle Zah sai?«

»Also, a Schrodkugel ka s et sai, weil Sauerbroda ja et gschossa wird.«

»Zoig her! Sag e s doch, des isch a Schdückle Zah.«

»Mensch Weib, wenn e die et hädd – ond de kloine Krommbiera.«

»Was na?«

»Na miaßd e lauder große essa.«

»Saudomms Leddagschwätz. Emmer de gleiche bleede Schbrüch. Fälld dr nex Neis ai? Schbürsch aigendlich nex? Des muaß mr doch merka, wenn oim a Zah abfatzd.«

Ond na fahr e mit dr Zong em Maul rom, von Zah zu Zah sozusaga, ond fend na a Zedderle Sauerbroda, a Fetzale Blaukraud, an kloina Kümmel ond an scharfzackiga Graterrand an oim von de hendere Backazäh.

»Ja, jetzd leck mich doch die Weld …«

»… aber et do hanna am Middagsdisch dra.«

»Ha, des ka doch gar et sai, dass des kloine Bebbale aus so ama groſsa Loch rauskommd.«

»S Maischd wirsch vrschluggd han.«

»Du bisch fai scho a Herzale.«

Gohd s Ehne au so? Mr hot des Gfühl, wia wenn en so a Löchle a ganza Zong naibassa däd. Ond na gohsch en s Bad ond guggsch en Schbiegel nai, reißsch dr schier daine Lefzga aus, bis da na des kloine Eckle siehsch, des an dem Zah wegbrocha isch.

Ja, Gott sei Dank, denksch, des bissle isch et so schlemm, des machd faschd nex. Zerschd duad s jo au et so weh ond mr denkd, noi, mr hoffd, dass des bissle Zah, des do wegbrocha isch, nex ausmachd. Mr vrgissd s wieder, bis mr em Biergarda hockd ond so a schees kalds Woiza en sich naischüddad.

»Aua, duad des wai!«

»Ih han koi Mitleid mit dr. Wärsch du vor am a halba Johr scho ganga, na dädd dir dai Zah heud et wai.«

»Wenn hädd e denn ganga sodda? Woisch doch selber, was ällas los war. Ih han koi Zeid ghed.«

»Aber Angschd.«

»A wa.«

»Männer! Empfindlich wia kloine Kender.«

»Ih han weder Angschd noch ben e empfindlich.«

»So?«

»Des ›So‹ häddsch dr schbara kenna.«

»Ja, worom gohsch na et?«

»Weil ..., ih han dr s doch grad äba erschd vrsuachd zom erklära. Hörsch du aigendlich et zua, wenn e äbbas sag?«

»Doch, doch, ih woiß scho. Koi Zeid. Gell, so war s doch?«

»Du brauchsch me gar et nochäffa. Freile war s so.«

Drhoim ziagd s zwar emmer no a bissle, aber et so, dass mr s et aushalda kennd. S isch bloß guad, dass Samschdig isch ond mr et glei an s Telefo nadrangsalierd wird – han e denkd.

»Ruaf doch dr Markus a, er soll dr glei für d nächschd Woch an Termin gebba.«

»Ih werd am Wochenende dr Markus aruafa. Der will am Samschdig ond am Sonndig au sai wohlvrdienda Ruah.«

»Ha, der hot doch gsagd, dass ehn jederzeid aruafa kasch, wenn äbbas wär.«

»Werdigs.«

»Jederzeid isch au samschdigs. Du wirsch hald doch a bissle Angschd han vor am Bohra oder Ziaga oder vor de Schbritza oder ...«

»... kasch s aigendlich et no mai ausdabba?«

»Ih sag s ja, de hellschd Angschd.«

»Jetzd schwätz doch koin Babb raus! Ond außerdem muaß e den Termin mit saira Sekretärin ausmacha. Dui hot dr Kalender, et er.«

Also, des Argumend hot se gelda lassa miaßa, de mai. Ond na han e mr an scheena, wohltemperierda Rotwai ghold, wega maim empfindlicha Zah ond gega dr Herzinfarkd. Ond der hot maim Zah überhaupd nex do, em Gegasatz zu dem aggressiva, kalda Woiza vom Nochmiddag. Em Gegadoil, er hot maine empfindliche Nerva beruhigd, mich mit dr Welt vrsöhnd, eine innere Harmonie hergschdelld – ond mich en dr

Nachd schlofa lau wia a Murmeltier, hot am andara Morga mai Frau zu mir gsagd, bloß wesendlich lauder. Wo ih doch aigendlich überhaupd et schnarch. Ond außerdem, wia laud schlofd a Murmeltier?

Am Sonndich han e na zerschd gar nex gschbührd. Ih war au ganz vorsichdig mit maine Kauwerkzeug. Warms Zahbutzwasser, lauwarmer Frühschdückskaffee, ungetoschtedes Toschdbrod, jo nix Hoiß, Kalds oder Hards. Beim Middagessa han e meh blosa wia bissa.

»Mr ka s au übertreiba. Sonschd maulsch emmer, dass s Essa so schnell kald werda däd.«

Ih sag nex.

»Was? Du willsch koi Eis zom Nochdisch? Sonschd isch dr des emmer wichdiger als s Middagessa selber. Was isch aber au bloß los mit dr! Ih werd mr doch koine Sorga macha miaßa. Hosch geschdern zviel Wai vrwischd? Ah, ih woiß, des Zahle, des henige. Du Armer. Du daurasch me ja so argale.«

»Ja, ja, ja, wer den Schaden hat ...«

»Glei am Mondagmorga ruafsch a!«

»Glei am Mondagmorga han ih an Termin in Bad Saulgau. Ond da fahr ih mendaschdens zwoi Schdond.«

»Des isch doch prima! Do hosch gnuag Zeid zom telefoniera. Für was hosch denn dai saudeura Freischbrechalag en dai Audo aibaua lassa?«

Ih han na nex meh gschwätzd. Desmol hot sui gwonna.

Also, ih han s na von onderwegs probierd, ehrlich. Aber na ben e uff dr Alb en so a Funkloch, oder wia mr des hoißd, naikomma. Uff jeden Fall han e koi Vrbindung kriagd. Ond na han e s dr ganze Dag über vrgessa. Ih han jo schließlich au no äbbas anders zom do ghed.

Ih ben noch am Feierobend obends no gar et rechd zur Hausdür drenna, hoißd s scho en ama To, den e von dr Schual her no kenn, wenn e a Schdrofarbeid vrgessa han zom macha: »Hosch agruafa?«

»Griaß Godd.«

»Griaß Godd. Hosch agruafa?«

»Ja.«

»Ond?«

»Nex.«

»Was nex?«

»Nex war s.«

»Worom?«

»Weil e koi Vrbindung kriagd han.«

»Worom hosch na et von dord onda aus aus am Feschdnetz agruafa?«

»Weil e koi Zeid ghed han.«

»Komm, komm, du willsch mr doch et weiß macha wölla, dass du et fenf Minuda …«

»Morga frübah ruaf e a, ond jetzd lass mr mai Ruah mit dem bleeda Zah. Ih ka s nemme höra. Wenn mr bloß glei de Dridde kriaga däd, na wär ällas gschwätzd.«

»Willsch a kalds Bier?«

»Bloß et. Isch et no a Vierdale Rotwai von geschdern Obend do?«

»Hosch du scho amol a agfangana Flasch schdanda lassa?«

Des send so Froga, wo s na s Beschde isch, wenn mr a Andword schuldig bleibd. Sonschd kommd mr bloß no en a onediga Diskussio nai.

Am nächschda Morga han e na tatsächlich agruafa. Des hot vielleichd a Überwindung koschdad, des kennad r euch gar et vorschdella. Ih han schlagardig koi Zahwai meh ghed, bloß no so a bleeds Gfühl em Maga, wia früher vor ara Klassaarbeid, uff dui mr nix glernd ghed hot ond wo mr scho von vornarai gwissd hot, dass des et guad ganga ka.

»Praxis Doktor Graf, Ziegler.«

»Merkle, send Sia s, Martina?«

»Wer sonschd, Herr Merkle, oder kennad Sia bei ons do hanna en dr Praxis nomal äbber, wo Ziegler hoißd?«

»Ih sodd an Termin han.«

»Des glaub ih Ehne glei. Wenn Se a Aufschniddbladde häddad bschdella wölla, na häddad Se wahrschainlich et bei mir agruafa. Sia warad fai scho lang nemme do. Warad Se et zfrieda? Oder hend Se Angschd wia de maischde Männer? Main Scheff aigschlossa.«

»D Zeid, Martina, Zeid. Ih komm schier et rom.«

»Sagad älle. Drweilsch isch bloß dr Leidensdruck no et groß gnuag. Aber Sia miaßdad doch aigendlich koi Angsch han derfa vor am Zaharzd. Dr Dokdr isch doch a Fraind von Ehne.«

»Des isch jo grad.«

»Au, des hädd r jetzd aber et höra derfa. Wieviel Schdond derf e aitraga? Isch s äbbas Größers?«

»Noi, noi, raine Routineondersuchung«, han e se agloga.

»Also, wenn Se moinad, aber dr Zahschdoi demmer fai scho no drzua na entferna. Des isch wichdig. Sonschd haglad Ehne mit dr Zeid Ihre Beißerla raus«, hot se sehr skepdisch gmoind.

»Des wär et s Demmschde. Na wär a Ruah.«

»Also, a halbe Schdond. Profilaxe ond Zahschdoi. Wann wär s Ehne denn rechd? Wardad Se, ih muaß zerschd gschwend gugga, wo no äbbas frei isch. Bei Ehne isch s jo egal, Sia kennad ja emmer. Sia send doch Beamdr, wenn e des no rechd woiß, gellad Se.«

»Ih ka deshalb au et emmer. Des isch wieder so a saubleeds Vorurdail.«

»Sagad mr lieabr amol, des send Erfahrungswerde. Aber lassad mr s. Däd s Ehne am Donnerschdag am vierdel elfe bassa?«

»Den Donnerschdag scho, ausnahmsweis.«

»Wia kommad Se aigendlich do druff? Noi, noi, en vier Wocha. Des wär dr achdazwanzigschde.«

»Ih denk scho, wenn bis da na nex drzwischa kommd. Ih ruaf vorher aber nomal a.«

Super, erschd en vier Wocha. Ond wenn bis da na nex mai wai duad, gang e au et na, han e denkd ond han me gfraid, dass e vorerschd nomal drvo komma ben.

S Zahweh isch et besser worda. Em Gegadoil. Ih han koi kalds Woiza meh brauchd, om zom wissa, dass äbbas et en Ordnung isch. A Windzug hot glangd. Bissa han e uff derra Seide scho lang nex meh ond mit am Zahbürschdle han e ganz vorsichdig om den heniga Zah rombürschdad. Dr Leidensdruck, von dem d Martina gschwätzd hot, isch tatsächlich emmer größer worda. Ond hosch oimal beim Beißa et uffbassd, na isch dr s naigfahra, dass grad häddsch moina kenna, dr Deifl hold de. Ond du glaubschd es nicht, wia ofd des »oimal« sai ka.

Zahärzd riachad, also ih moin d Zaharzdpraxana. Dia hend a ganz oigas Gschmäckle. Des riachsch scho onda em Trebbahaus. So a Zaharzdpraxis kasch et vrfehla. Du muasch bloß emmer em Dufd nochganga. Ond so schdeig e Drebba nuff wia zu a ra Hinrichtung. Ih reiß me zamma ond druck uff d Klingel.

»S isch offa! S schdohd doch au uff am Schildle!«, schreid s zemlich narrad von drenna raus.

Ih druck d Dür auf.

»Ach, Sia send s, Herr Merkle«, sechd d Martina ond guggd me drbei a, wia wenn se saga wedd: Wia ka mr bloß so bleed sai, ond des au no als Schualmoischdr. Hot se aber et. Aber s hädd jo sai kenna.

»Nemmad Se gschwend em Wardezemmer Platz. Dr Herr Dokdr kommd glei.«

Also, was manche Leud onder »glei« vrschdandad. A Dreivierdelschdond han e no warda miaßa. Wega ama Notfall, hot s ghoißa. Wia s mir gohd, hot koi Sau interessierd. Ih war jo aigendlich au koi Notfall. Des Bleede war bloß, dass e des et han zuagebba kenna. Hädd e domols bloß d Wohrad gsagd, na wär ällas scho längschd vorbei, ih Allmachdsbachel. S nächschd Mol, han e mir vorgnomma, sag e glei, was los isch. Aber s letzschd Mol han ih mir des glaub au scho vorgnomma ghed.

Em Wardezemmer drenn hockd a Frau mit ama Kend ond liesd aus ama Kenderbuach vor. A Ausländer hockd do ond denkd offasichdlich en sich nai. A jongs Mädle hot a Bravohefdle en dr Hand ond machd Bläderla mit ihram Kaugummi, den se de maischd Zeid vor dr Gosch von lenks noch rechds ond von rechds noch lenks schiabd ond na wieder Bläderla machd. Ond a alds Fraule hockd do, hot d Händ em Schoß gfaldad ond nickd mr ganz fraindlich mit am Kopf zua.

Dui hädd ihr Zahwai au mit dr Boschd schicka kenna, han e denkd, nick fraindlich zrück, hol a Illuschdrierde ond hock me zu dem Ausländer na. Schwarzes Hoor, schwarzer Schnauzer, Dreitagebard, olivdonkla Hautfarb, a Türk, wahrschainlich oder sonschd oiner vom Balkan. Isch jo au egal. Dia kriagad au amol Zahwai.

»Kennad Se mir saga, wia schbäd s isch? Ih han mai Uhr uff am Schesslo drhoim schdragga lau, ih Huadsembl.«, frogd me zmol der Ausländer em broidaschda Schwäbisch.

»Kurz vor elfe. Entschuldigad Se no, jetzd han e doch gladd denkd, Sia seiad Ausländer.«

»Ben e au.«

»Send Se aus dr Türkei?«

»Noi, ih ben aigendlich a Syrer.«

»Woher?«

»Aus Sulpach.«

»Woher?«

»Aus Sulpach. Wissad Se, mai Familie isch scho seid vierzg Johr do ond ih ben en Sulpach gebora ond en Ebersbach en d Schual ganga.«

»Jetzadle.«

»Herr Merkle, Zemmer drei bidde. Dr Flur entlang, de zwoid Dür lenks.«

»Machad Se s guad, ih druck Ehne dr Dauma, dass et so wai duad. Beißad Se hald d Zäh zamma«, sechd ganz fraindlich mai olivener ausländischer Landsma, der Gmiadsmensch. An Zäh zammabeißa derf e et amol denka.

»Ja, ja, hoffentlich hilfd s.«

Ih schdand zemlich vrlora en dem Folder... a, Behandlungszemmer ond gugg me no a bissle om. Uff am a Tabledd schdandad a baar Tiegala ond über so ama kloina Schdänderle hangad de verschiedenschde Mar-

terinschdrumende, mit dene dr Zaharzd d Leud maltretierd: Kratzer, Hoka, Pinzedde, Schbiegel ond was woiß ih no ällas, drneaba an Satz Bohrer. Dia seahad genauso aus wia dia em Bergwerk oder em Tunnelbau, hald a bissle kloiner. Ih han des amol en Bochum em Museum gseah. Kein Onderschied ond en dr Wirkung wahrschainlich genauso verheerend.

Em a Gläsle send Tampons für s Maul hald, ond vom Fenschdersemsa lachd me a graus Gipsmodell a, des dord zwischa ara Grünlilie ond am a Benjaminischdöckle schdohd, wia wenn s saga wedd, so siehsch noch dr Behandlung au aus.

»Kennad ihr euch?«, frogd d Martina, dia grad raikomma isch, als e des Gebiss genauer agugga han wölla. »Se derfad Platz nemma, dr Scheff kommd glei.«

»Des hot mr mir vor ara Dreivierdelschdond scho amol gsagd.«

»Heud isch aber au dr Deifl los«, sechd se entschuldigend ond hängd mr drbei a Papierlätzle om, des se an a silbrigs, kalds Metallkeddale naknipsd hot.

»Als e s letzschd Mol do war, war au dr Deifl los«, han e druff gsagd.

»So isch s hald. Onser Scheff isch bei de Leud sehr beliebd, der hot hald an mords Zualauf.«

»Ih für main Doil däd liaber drvolaufa.«

»Selber schuld, wärad Se hald bälder komma«, ond weg war se. Ond rechd hot se ja ghed. Hädd ih aber nia zuagebba.

Ih hock jetzd also em Behandlungsschduahl mit maim Sabberlätzle rom, neaba mir triald s Wasser en a Blaschdigbecherle nai. S ka nemme lang daura, bis los gohd, obwohl, ih hädd s gern no a Weile nausgschoba. Dr Zah duad au gar nemme so arg weh, moin e älls. Wenn e jetzd no schnell mai Lätzle weg dua, kennd e ..., aber noi, s gohd et, am Aigang von dr Praxis hockd jo d Martina ond bewachd den Lada wia dr Hektor, der bissige Hofhond von dem Baurahof von maim Fraind Karl.

Wenn d Martina uffs Klo ganga däd ... no kennd e ..., ond genau en dia Überlegung nai gohd d Zwischadür vom Behandlungszemmer uff ond dr Herr Dokdr, mai Fraind Markus, schdohd em Dürrahma, grinsd an saim Mundschutz kroddabroid rechts ond lenks dra vorbei ond sechd: »Was machsch denn du für a Gsichd na? Du siehsch aus wia dr Dokdr Kimbl, emmer auf dr Fluchd.«

»Ih? Schwätz doch koin Babb raus. Ih han bloß grad denkd ...«

»Mit was?«

»Ih han bloß grad denkd, ih hädd aigendlich no gschwend uff s Klo sodda.«

»Willsch no a Angschdbibberle macha?«

»Ih han koi Angschd.«

»Oh doch.«

»Noi.«

»Doch.«

»Ih han koi Angschd, vrdammd nochmol!«

»Worom krallsch de na so an de Armlehna feschd? D Knöchel send ja scho ganz weiß ond des Lederpolschdr hot scho lauder Dulla.«

Ih schwätz nex. Er hot ja rechd. Ih vrsuach mih zu entschbanna.

»S wird scho et so schlemm sai. S isch ja bloß a Profilaxe ond dr Zahschdoi. Den machd na d Chrischdine weg, kennsch se ja, onser Zahhygienikere. Jetzd lass amol gugga.«

Ond na setzd r sai Lupabrill uff, nemmd an Hoka ond a Schbiegale mit Schdiehl, beugd sich über mih ond sechd: »Auf!«

Ih mach a bissle auf.

»Auf, han e gsagd, et klemma. Ja, jetzd vrkrampf de doch et so. Sonschd hosch doch au d Klabb emmer offa. Du miaßdasch doch wissa, wia des gohd.«

Ih mach a bissle weider auf ond er druckd na mit dem Schbiegelschdiel den rechda Mundwinkel so zur Seide, dass e grad moin, er reißd aus.

»Oh, oh, oh, Profilaxe. Hot sich do d Martina vrhörd? Ih ka mr des garet vorschdella, die isch aigendlich sehr zuverlässig. Profilaxe, oh, oh, oh. Wann warsch du aigendlich z letschd Mol do? Ha, des send doch mendaschdens ...

Martina! Kommad Se amol en s Zemmer drei ond brengad Se d Onderlaga vom Herr Merkle mit!«

Er nemmd na sai Gschirr wieder aus maim Maul ond sechd: »Ausschbüahla!«

Er hot mit am Hoka romkratzd ghed, ond deshalb isch na des oine oder andere Reschdle, des zwischa de Zäh drenghangd isch, gurgelnd en dem Porzellanbecka vrschwonda, en des e naigschbuckd ghed han.

»Schweine-, Kalbs- oder Renderbroda?«

»Ha?«

»Ih frog, was zom Middagessa gebba hot.

Ah, Martina, des isch aber schnell ganga. Jetzd lassad Se amol gugga. Merkle, Bernd, geboren am ... Menschenskind, du wirsch aber au so langsam an alter Kerle. Des tendierd gega a Gebiss.«

»Mach me bloß et schwach.«

»Noi, noi, koi Angschd, vorher bloog e de scho no a Weile.«

Na suachd r en maine Onderlaga rom ond murmeld äbbas Overschdändliches en sich nai. Ih werd drweilsch en dem Behandlungsschduahl emmer kloiner, weil ih mir ja guad vorschdella ka, was bei saira Prognose rauskomma kennd.

»Ih glaub, ih schbenn. Profilaxe! Woisch du aigendlich, was des hoißd? Des kommd aus am Griechischa ond hoißd Vorbeugung. Woisch du überhaupd no, wann du z letzschd Mol vorbeugd hosch?«

»Ja, heud Morga, beim Schuahbenda.«

»Bachl. Vor fenf Johr warsch du z letschd Mol do. Vor fenf Johr! Mr sodds et glauba!«

»S duad mr loid, ih han koi Zeid ghed.«

»Ond jetzd? Worom hosch na jetzd Zeid? Isch nex mai los em Gschäfd?«

»Doch, aber ...«

»Dr Leidensdruck isch jetzd groß gnuag.«

»Noi, aber ...«

»Nex aber, ih will nex mai höra. Martina, gangad Se mit dem alda Ma nom zom Röntga, des muaß e mr gnauer agugga. Ond brengad Se nochher s Dynamit mit. Wahrschainlich wird s s Beschde sai, wenn mr den ganza Trümmerhaufa vollends rausschbrengd. Profilaxe, ja ih kriag me ja nemme.«

»Au ja«, schdimmd d Martina fröhlich en den Vorschlag von ihram Scheff ai. »No gangad mr aber na mit ehm ens Höfle. Do henna gibd des emmer so a Sauerei.«

»Wia dr Herr, so s Gscherr«, sag e ond na werd e ens Röntgazemmer abgführd.

»Jetzd hockad Se uff den Schduahl na«, ond na ziagd se mr so an schwera Bleischurz a, druckd mr des Objektiv von dem Röntgaaberad en Backa nai ond na sechd se zu mir wia zu ama schwachsenniga Kend: »Jetzd machad Se weid s Göschle uff, damid e des Bläddle naido ka, ond nochher druckad Se mit am Fenger drgega. Drgegadrugga, et schlugga, hend Se des vrschdanda?«

Ih lass me uff koi Diskussio meh ai, nick bloß ond mach s Maul auf. Do henna han e ja eh koi Chance mai.

»Weider, sonschd komm e et do henda na!«

»Ih ha hoch he heiher.« (Ih ka doch et weider.)

Des war derra grad egal. Mit Gwald gohd ällas.

Dui druckd mr d Kiefer ausananander ond schiabd des scharfkandige Bläddle nai, dass e grad moin, se schneidad mr drmid d Backa uff ond zwar von enna. Warm isch s mr s worda.

»Drgegadrugga ond schdill sitza bleiba. Lufd ahalda.«

Na isch se naus. Na hot s gschwend brommd. Na isch se wieder komma.

»Jetzd war s aber rechd. Se brauchad nemme drucka. Ih ben ferdig«, nemmd mr des Bläddle raus ond duad den schwera Bleischurz wieder weg.

»Se kennad wieder nom ond en Behandlungsschduahl naihocka. Dr Dokdr kommd glei.«

Ih gang wieder en s Zemmer drei ond gugg a Weile zom Fenschdr naus. Ond na guck e wieder des Zahgipsmodell a ond murmel vor me na: »Woisch du aigendlich, wia guad du s hosch?« Ih gang a bissle en d Knui, damid e s gnauer agugga ka, do gohd ausgerechned en dem Momend d Dür auf ond mai Zaharzdfraind kommd rai.

»Des schwätzd et mit jedam. Hock de amol en Schduahl nai, et dass des omhaud, wenn e dr zoig, was mr ällas macha sodd.«

Ond na hot r mr a halba Schdond lang alles erzähld ond erklärd ond zoigd. Mai Widerschdand ond ih send langsam zammabrocha. Wenn mai Krankakass des hörd, brichd dui au no zamma. Em nächschda halba Johr ben e als feschda Größe en saim Terminkalender aipland worda.

»Ond jetzd kriagsch no a schees Schbritzle, weil da so brav warsch, ond na machad mr des henige Zahle raus, damit s nemme wai duad, ond na derfsch wieder hoim zur Mama, bis da na nächschd Woch wieder zom Onkel Dokdr derfsch.«

Mit ainem belziga Maul ond mit gschwollane Libba ond, so isch s oim hald vorkomma, mit ausgfransde Mundwinkel, aus dene s emmer raussabberd, ben e na hoimkomma. Mir hot s kaum mit am Kopf durch d Dür glangd, so hot sich des agfühld.

»Na, wia war dai Profilaxe?«, frogd ganz schaihailig mai mitfühlende Gaddin, dia uff dr erschde Blick gseaḫ hot, dass es et beim Zahschdoiendferna blieba isch.

Ih han koi Antword gebba, weil schwätza ka mr en so am a Zuaschdand au bloß meh als odeudlich. Des duad so, wia wenn da mit am a Tischtennisball em Maul a Rede halda weddasch. Ih han na bloß uff mai gschondas Zahwerk zoigd.

»Brauchsch koi Andword gebba, mr siehd s.«

S isch doch guad, wenn mr so a vrschdändiga Ehefrau hot, net wohr.

Noch dem halba Johr ben e mir vorkomma wia neu gebora. Aber en maim Alder gohd des bloß, wenn da vorher halba he warsch. Ond ih ka euch saga, des war e.

Uff dr Parkbank

Dialog zweier Herren mittleren Alters. Szene: Parkbank. Herr Buchele sitzt da und ist in seine Tageszeitung vertieft. Herr Wagenblast kommt hinzu. Er geht an einem Stock und hinkt leicht.

Wagenblast: *(spricht in einem etwas gekünstelten Schwäbisch)* Grüß Godd, ischd da noch frei?

Buchele: *(liest weiter, antwortet nicht)*

Wagenblast: Entschuldigad Se no, Herr ..., Herr ..., kann ich mich hier drzu setza?

Buchele: *(breiteres Schwäbisch, sehr unfreundlich)* Zu was?

Wagenblast: *(irritiert)* Was? Zu was?

Buchele: *(ungehalten)* Zu was Sie sich drzua setza wellad? *(liest weiter)*

Wagenblast: Kann ich mich zu Ihne drzu setza?

Buchele: *(hinter der Zeitung hervor)* Woher soll ih wissa, was Sia kennad ond was et.

Wagenblast: Isch do no frei?

Buchele: *(immer noch hinter der Zeitung)* Seahad Sia äbber?

Wagenblast: Na bin ich hald so frei. *(setzt sich vorsichtig neben Herrn Buchele)*

B.: *(hinter der Zeitung vor sich hinbrummend)* Wenn s obedengd sai muaß.

W.: *(hat die Bemerkung offensichtlich nicht richtig gehört)* Hend Sia no äbbas gsagd?

B.: *(sichtlich genervt, über die Zeitung blickend)* Ih däd gern mai Zeidong leasa – ond zwar en äller Ruah – wenn s Ehne nex ausmachd.

W.: *(erfreut, dass er wenigstens eine Antwort erhält)* Noi, noi, leased Se no weider. Mir machd des nix aus. Wissad Se, ich hab se scho heud Morga beim Frühschdück gleasa, zu maine frische Brödla vom Bäcker Haubasack und zum frischa, wachs-woicha Aile vom Bauer ..., vom Bauer ..., Mensch, wia haißd denn der gschwend noch amol. Wissad Se, von draußa, vom Erlawasahof, vom Bauer ..., vom Bauer ...

B.: *(ärgerlich)* Jetzd lassad Se mih doch mit Ihre dubbalige Oier en Ruah, mit Ihre dubbalige!

W.: *(geht nicht darauf ein, hat es sehr wichtig)* Vom Bauer ..., vom Bauer ..., wissad Se, der, der des neue Hoflädle aufgmachd hat. Em Mittailungsbladd isch s doch ganz groß komma, ond der ...

B.: *(setzt an)* Ih ...

W.: *(unterbricht verstehend und entschuldigend)* Entschuldigad Se no, Sia wöllad ja leasa. Aber ih komm scho no auf den Nama. Ha, des wär doch s erschd Mol, wenn mir a Nama et aifalla däd.

B.: *(dreht sich weg)* Wo nex isch, ka au nex aifalla.

W.: *(hat das anscheinend nicht gehört und sinniert halblaut vor sich hin)* Vom Bauer ..., vom Bauer ... S war irgend äbbas mit ..., mit ..., haidanai, letzschd Woch em Krankahaus han e s no gwissd. Der Bauer, der ...

B.: *(dreht sich über den Rücken um)* Sia kennad sich garet vorschdella, wia egal mir des isch.

W.: Doch, doch, aber s bloogd oin hald, wenn oim an Nama et aifälld. *(laut vor sich hindenkend)* Em Krankahaus ..., ja, genau, em Krankahaus, do han e s no gwissd. Des war irgend äbbas aus ara Abdailong. Des war ..., des war ..., des war ...

B.: *(etwas lauter)* Des isch mir so was von wurschd. Des isch mir genau so wurschd, wia wenn jetzd grad irgendwo en Peking a Fahrrädle omhagla däd!

W.: *(nicht darauf eingehend, weiter halblaut sinnierend)* Also, manchmol isch s grad wia vrhexd, wia wenn mr a Bredd vor am Kopf hädd, wia, wia vrnageld ... Nägale! Bauer Nägale! Noi, Nägale war s et. S war et aus der schirurgischa Abdailong. Dr Nägale hot jo dia Schrainerei en dr Kabbagass. S war aus ara andara Abdailong. Was gibd s denn no?

(Pause)

W.: Wia hoißad denn dia, dia oin aischläfarad, wo s oim hendadrai so schlechd isch. Mr kennd grad über s Bedd nai ... Noi, Kötzle hot r et ghoißa. Der Kötzle hot doch den Baumarkd ...

B.: *(unterbricht die Überlegungen lautstark)* Ih-will-jetzd-mai-sau-ba-ra-Ruah!!! Naglad Se doch Ihram Baura saine Oier ans Knui na! Ih will endlich en Ruah mai Zeidong leasa!

W.: *(lässt sich überhaupt nicht beeindrucken, hebt erfreut den Zeigefinger)* Jetzd woiß ich s! Ich han s! Ich han doch gwissd, dass e no druff komm! S isch aus dr Urologie! Schellenberg! Bauer Schellenberg!!! Jetzd ben e aber froh, dass mr der doch no aigfalle isch. Jetzd ben e aber erleichderd. Also, der Bauer Schellaberg, der hot Oila, kann ich Ehne saga, Oila, dia ...

B.: *(sehr ärgerlich)* Mih interessierad dem Bauer Schellaberg saine Oier überhaupd et! Ih will bloß en Ruah mai Zeidong leasa!

W.: *(leicht beleidigt)* Bidde. Wia Se wöllad. Ich han s jo bloß guad gmoind, net wohr. Ich han ...

B.: *(aufbrausend)* Ih han au bloß amol ond scho war e vrheiradad. Ond ih will jetzd bloß mai Ruah!

W.: *(echauffiert)* Wia Se wöllad.

B.: *(sehr ärgerlich)* Miaßad Sia aigendlich emmer z letzschde Word han?

W.: *(kurze Pause, Buchele liest weiter, dann plötzlich laut und aus heiterem Himmel)* Noi!!!

(Buchele und Wagenblast sitzen nebeneinander. Buchele liest Zeitung. Wagenblast starrt gelangweilt in die Ferne und pfeift tonlos vor sich hin, bis etwas seine Aufmerksamkeit erregt und er

sich im Sitzen etwas aufrichtet und sich auf seinen Stock stützt)

W.: Haidanai.

B.: *(liest kommentarlos weiter)*

W.: Haidanai aber au.

B.: *(liest kommentarlos weiter)*

W.: Haidanai aber au no amol nai.

B.: *(sehr ärgerlich, resignierend)* Was isch denn jetzd scho wieder los? Kennad Se aigendlich überhaupd koi Ruah gebba? Wissad Se was, ih hock me jetzd woanders na. *(steht langsam auf)*

W.: *(hat offensichtlich nicht zugehört, gibt Buchele die Hand, starrt aber in eine ganz andere Richtung)* Angenehm, Wagenblaschd. Eugen Wagenblaschd.

B.: Des ka bassiera.

W.: *(lässt die Hand nicht los und deutet mit seinem Stock in die Ferne)* Jetzd schauad Se doch amol dord nom, Herr ..., Herr ...

B.: Buchale.

W.: *(ganz aufgeregt)* Guggad Se, guggad Se, ha, isch des amol a nedde Denge.

B.: *(setzt sich wieder und schaut nun ebenfalls in die Richtung)* Wo? Ih seah nex.

W.: Ha, da drommen, da, rechds, neaba dem Gardazäule.

B.: Jetzd seah e s au. Jetzd mechd e bloß no wissa, was an dem buckliga, alda Weible, des da en dem

Gärdle dia Grombiera rausmachd, schee sai soll. Also Fiaßla hot se jo wia a Rehle. Des muaß mr scho saga. Et so schlank, aber so dreckad.

W.: *(aufgeregt)* Weider rechds, auf em Gehweg.

B.: *(enttäuscht)* Des isch koi Gehweg, des isch a Trottwar. Moinad Sia vielleichd dia jonga Grodd?

W.: *(begeistert)* Genau! En dem kurza Blumaklaidle!

B.: *(desinteressiert, schaut wieder in seine Zeitung)* Des soll a Kloid sai? Für mih isch des a aiglaufas Nachdhemmad.

W.: *(schaut Buchele wieder an und zupft ihn vertraulich an der Jacke)* Ha, jetzd dend Se doch et so, Herr Aichale ...

B.: Buchale.

W.: Wia wenn Ehne des et au gfalla däd, wenn so a junge, hübsche Frau em Sommer em a kurza Röckle ...

B.: *(schaut in die Zeitung)* Ih will main Artikel ferdig leasa. Mih interessierad em Momend d Fiaß von andere Leud scho au gar et.

W.: Beine, Herr Aichale, Beine ...

B.: Buchale.

W.: Schöne, schlanke Beine, dia naufgangad bis ...

B.: *(gleichgültig weiterlesend)* Beine send au Fiaß.

W.: *(schulmeisterlich)* D Fiaß send onda dra.

B.: Ond d Beine guggad zu de Ohra naus! Oder send dia etwa et au onda dra? *(schaut auf)*

W.: *(leicht konsterniert)* Doch scho, aber ...

B.: Äba.

W.: *(energisch)* An äbbas Schees derf mr au a Fraid han ond die muss mr au no mittaila dürfa, net wohr, Herr Aichale?

B.: Buchale.

W.: *(zeigt nochmals mit dem Stock in die Richtung des Mädchens)* Jetzd guggad Se doch amol des Figürle von dem Mädle a.

B.: Was für a Figürle?

W.: *(begeistert)* Ha, des Figürle, do, des Figürle von derra junga, hübscha Frau! Die hot ja a Figürle wia a ..., wia a ...

B.: *(schaut genauer hin und stellt lakonisch fest)* Wia a Hondehüdde.

W.: *(entrüstet)* Wie was? Ich bitte Sie! Wieso wia a Hondehüdde?

B.: *(trocken)* An jedam Eck an Knocha. *(schaut in seine Zeitung und liest weiter)*

W.: *(wegwerfende Handbewegung)* Von Ästhetik haldad Sia anschainend nix.

B.: *(schaut auf)* Em Momend et. Em Momend hald ih mai Zeidong ond ih will jetzd endlich den Laidartikel vollends ferdig leasa.

W.: *(redet eine Weile nichts, dann plötzlich)* Und?

B.: *(schaut auf)* Was ond?

W.: *(deutet auf die Zeitung)* Was haldad Se von dem Leitartikel?

B.: *(herablassend)* Sia wissad doch gar et, worom s do drenn gohd.

W.: *(wichtig tuend)* Oh, doch. Den hab ich heud Morga scho bei maine frische Brödla vom Bäcker Haubasack bei maine Oila vom Bauer ...

B.: Schellaschdoi ...

W.: *(schulmeisterlich)* -berg, Herr Aichale, -berg, Schel-len-berg!

B.: *(nachäffend)* Buchale, Herr Wagenblaschd, Buchale, Gott-hilf Bu-cha-le!

W.: Auf jeden Fall kenn ich den Leitartikel sehr wohl, mein Lieber.

B.: *(etwas abfällig)* Des kennd ih et grad saga, dass der Laidartikel sehr wohl isch, main Nichdlieber.

W.: *(entrüstet)* Ja, send Sia etwa et für dr Atomausschdieg?

B.: Ja.

W.: *(beruhigt)* Drom.

B.: Sia miaßad uffbassa, was se frogad. Wenn Sia mih frogad, ob ih gega dr Atomausschdieg ben ond ih no ja sag, na ben ih dergega. Vrschdanda?

W.: Ja, was jetzd? Drfür oder drgega?

B.: Nomal zom Mitschreiba. Ich – bin – gega – der – Atomausschdieg.

W.: *(entsetzt)* Sia send gega dr Atomausschdieg? Ja, jetzd ka e gar nemme.

B.: *(trocken)* Des wär mr aber arg rechd.

W.: *(geht nicht darauf ein)* Wissad Sia aigendlich, was do los wär, wenn so a Zeitbombe en d Lufd ganga däd?

B.: Nemme viel.

W.: *(ereifert sich)* Äba! Ich jedenfalls finde des verantwortungslos vor allem auch gegenüber unserer Jugend, die ja bekanntermaßen unsere Zukunft darstellt. Krankhaida, Verstrahlunga, Missbildunga, Schbädschäda ond was woiß ich no ällas. Ich sag bloß: Verantwortungslos! Ver-ant-wor-tungs-los!!

B.: Jetzd machad Se s aber halblang. Dia send heudzutag sehr sicher. Do bassierd nex mai.

W.: Was war no des mit Tschernobil? Ha?

B.: Des war vor dreißg Johr oder so. Do hend se au draus glernd. Des däd heud nemme bassiera.

W.: Ond was isch mit menschlichem Versaga? Ha? Gell, do källd Ehne nex mai ai?

B.: Bachel gibd s emmer. Ih kenn oin, der isch ganz en maira Nähe.

W.: *(beleidigt)* Sie, jetzd hörad Se amol, Herr ...

B.: *(heftig)* ... Buchale! Isch doch aber au wohr! Oder isch des vielleichd besser, wenn s Ozonloch emmer größer wird ond dr Hautkrebs zuanemmd? Isch des vielleichd besser, wenn mr vor lauder Smog koi Lufd mai kriagd ond schdadddessa Longakrebs? Isch des vielleichd besser, wenn mr d erneuerbare Energie vollends vrschwendad ond s na koine Rohschdoff meh gibd? Isch des na besser, wenn dr Wald vollends schdirbd? Ond, ond, ond ...!

W.: *(verunsichert)* Ja, aber ...

B.: Nex aber. Oder glaubad Sia, dass em Fall, dass so a Werk amol en d Lufd gohd, dass d

Vrschdrahlong an de Grenza hald macha däd? Mir kriagad nemlich an großa Doil von onserm Energiebedarf von onserm Nochbr, vom Franzos. Ond dene ihr Schdrom kommd au et bloß aus der Schdeckdos, der wird em Atomkrafdwerk hergschdelld. Wenn mr den et häddad, na kennd mr s Neschd zom Fenschdr nausschmeißa ond en dr Gfriertruhe schlofa.

W.: Ja, also ... Worom aigendlich en dr Gfriertruhe?

B.: Weil Se dia vor Kälde gar nemme braucha dädad.

W.: Ja, aber worom s Bedd nausschmmeißa?

B.: Weil mr do koin Deckel zuamacha kend, wenn mr vor Ehne a Ruah han wedd.

W.: Ja, aber ...

B.: S isch doch grad egal, wega was Se amol ihran letzschda Schnaufer dend. Vrreckd isch wia vrfraura.

W.: Ja, s gibd doch au no andere Möglichkaida der Energiegewinnung.

B.: Wenn Se gnuag Geld hend, scho.

W.: Na muaß mr hald s Geld vrschdärkd en d Forschung schdegga.

B.: Ja, no dend Se s doch!

W.: Main beschaidener Beitrag däd do et viel helfa.

B.: Seahad Se.

W.: *(hilflos)* Jetzd hend Se me aber ganz durchananander brochd. Was machad mr na jetzd, Herr Aichale?

B.: *(verärgert)* Ih hoiß Buchale, kennad Se sich des et merka oder brauchad Se do oba au Krücka? *(deutet auf den Kopf)*

W.: *(sich heftig wehrend)* Aber ich han gwissd, dass es kein Nadelbaum ischd. Ond außerdem trag ich main Schdock et zom Schbaß spaziera. Darüber machd mr keine Witze. Ich han a schwere ond komplizierda Operation hinter mir.

B.: *(hämisch)* Ja, was fehld Ihne na? Was hend Se sonschd no für a Behinderung?

W.: *(beleidigt)* Des »No« häddad Se sich schbara könna. Ich han a schwere Knieoperation ghed.

B.: *(Mitleid vortäuschend)* Ja, wasale, ja, so äbbas. Ja, des duad mr aber arg loid für Sie. Ja, wia kommd mr denn zu so äbbas Bleeds?

W.: *(etwas stolz erklärend)* Des send hald Schbädfolga vom Schbord, den ich früher aktiv ausgeübt hab.

B.: Benoggla?

W.: Noi. Fußball han e gschbield.

B.: Also, des han e jetzd au no nia ghörd, dass mr sich uff der Ersatzbank an Meniskusschada holla ka.

W.: *(aufbrausend)* Jetzd werdad Se fai et overschämd, Herr ...

B.: ... Buchale! Ih werd et overschämd. Ih will nex, als en Ruah mai Zeidong leasa! *(schaut wieder in die Zeitung)* Ond noch Krankahausgschichda isch mr s scho au gar et!

W.: *(philosophiert halblaut vor sich hin, während Buchele ungerührt in seiner Zeitung liest)* Koi

Vrschdändnis für d Mitmenscha meh. Koi Mitleid. Nex. S gibd bloß no Egoischda. Ellabogamenscha. Früher, ja früher, do war des no ganz anders. Do war mr et alloi mit saine Problem. Do hot mr sich gegaseidig gholfa ond tröschdad. Do hot mr au no froga kenna, wenn mr an Rat brauchd hot ...

B.: *(schaut über die Zeitung)* Apropo Rad. Worom hend Se sich et oifach Rädla an s Knui namacha lau?

W.: *(verständnislos)* Rädla? Wie? Was? Worom? Wieso Rädla?

B.: *(steht auf und im Weggehen)* Na hädd e Se scho längschd do hanna s Roile nasaua lau kenna. Ade!

Neue Nochbr

Also, es isch ja so, also mir, also mir Schwoba hend jo aigendlich em Grond gnomma, ond vor allem, wenn s rechde Leud send, nex oder faschd nex gega Fremde. Neugierig send mr au et, aber wissa wöllad mr scho, mit wem mr s zom do hot. Des hoißd aber et obedengd, dass mir kontakdfraindlich wärad. Noi, noi. Mr kennd aigendlich saga, mir fremdalad a bissle.

S isch jo au et obedengd s Schlechdaschde, wenn da et glei a neue Fraindschafd aigohsch. Wirsch na au et enttäuschd, net wohr. Mr guggd zerschd amol ond beobachded, bevor mr zu äbber »Griaß Godd« sagad, wenn überhaupd. Weil, do muasch vorsichdig sai. Fraindlichkaid wird ofd missvrschdanda ond mit Fraindschafd vrwechseld. Et mit ons! Also, domid send mir vorsichdig.

Mir kennad s oifach et vrtraga, wenn mr äbber grad zwoi Mol beim Bäcker troffa hend ond der oin na so vrdraulich von dr Seide aschwätzd: »Ach, da sind Sie ja wieder! Wie geht es Ihnen denn?«

Drweilsch ben ih scho seid zwanzg Johr jeden Samschdigmorga zur gleicha Zeid do henna, hol maine Brezga ond Wegga ond koi Sau hot seither gfrogd, wia mir s gohd, obwohl me d Leud scho länger kennad als der drhergloffane ..., noi, ih sag s et, weil mir jo em Grond gnomma nex gega Fremde hend.

Ond vor allem werdad mir na misstrauisch, wenn dia von woiß Godd wo herkommad. Mr frogd sich no scho älls, worom dia von drhoim weg send ond et blieba send, wo se naghörad. Ond sodde Leud gohd des scho au garnex a, wia mir s gohd. Ih frog dia doch au et. Interessierd me au gar et.

Ond was dädad dia, wenn e saga däd: »Schlechd!«?

Ja, glaubschd du vielleichd, dia dädad mir na helfa, damid mr s besser ganga däd? Also, bidde! Ha, des glaubschd doch selber et. Ond außerdem woiß mr ja nia, aus was für ama Omfeld so a fremder Mensch kommd. Net wohr.

Scho mai Muadr hot zu mir gsagd, wenn e wo han na miaßa: »Sechsch au wer da bisch, wenn da de schee Hand gibsch. Ond na sechsch au no wo da herkommsch. Ond na sechsch au, dass ...«, ond na hot se mr a baar aus dr Vrwandtschafd oder aus am erweiderda Fraindeskreis gsagd, von dene se gmoind hot, mr kennd a bissle Aidruck schenda mit dene.

Viel warad s jo et, aber immerhin, net wohr, immerhin hend d Leud gwissd, dass mr äbber Rechds isch, dass mr aus ama guada Haus kommd, sozusaga.

Aber ih sag doch et wildfremde Leud, wia mir s gohd. Ha, so weid kommd s no, dass ih jedam drhergloffana ..., noi, ih sag s et, mir send ja em Grond gnomma et gega Fremde aignomma, wenn s äbber Rechds isch.

Aber, woiß mr s?

Oder gar en Arm nemma, uff dr Buggl klopfa oder an Kuss an Backa na, wia s d Franzosa bei ons aigschlebbd hend. Bei Fremde! Ja, pfui Deifl! Ond wenn dia na no äbbas hend! Do kosch dr ja woiß der Herr was holla! Noi, so bhäb kennad mir s scho gar et braucha. Es sei denn, s wär a bsonders nedd s ..., aber wann bassierd oim scho so äbbas en derra alda Bäckerei. Ond drzua na däd e me des vor dene Leud jo au gar et traua. Was glaubad ihr, Welda dädad do für manche zammahagla und du kenndasch dich nichd meh blicka lau.

Übrigens, bei ons en dr Schdroß send Neie aizoga. Dr Alde isch auszoga, weil r a Neie gfonda hot ond dui hot et aus ihra alda Wohnung ausziaga wölla, weil ihr Sach hald scheener war als des von dem Alda, den se nei kennaglernd hot. So isch na komma, dass der auszoga, bei saira Neia aizoga ond des Haus neaba ons uff oimal leer gschdanda isch.

Lang war des et leer. Laider. Ond mir häddad ons so guad dra gwöhna kenna. Weil, der Alde war au koi Gwöhnlicher. Ih will ja nex saga, aber seid dem sai Frau gschdorba isch, main liaber Scholli, do isch rond ganga. Mr hot zwar nix Gnaus gwissd, aber mr hot sich scho vorschdella kenna, was do hender de Vorhäng so ällas trieba worda isch.

Mr hot jo et gnau nagseah, so em Detail, weil dia bleede, gschmacklose Vorhäng emmer romzoga warad. Der wird scho gwissd han, worom r se emmer zuazoga hot. Mir machad jo au d Vorhäng rom, damid et älle en d Deller naiglotza kennad. Aber des isch äbbas ganz anders. Jetzd bei dem, main liaber Scholli ... Ih sag jo nex. Weil, ih ka s scho gar et leida, wenn d Leud so über d Leud herziagad, obwohl se nex Gnaus wissad.

Morgens beim Bäcker

»Do werdad doch koine Ausländer naikomma.«

»Für dia isch dui Wohnung z teuer.«

»Hosch du vielleichd aine Ahnung, narr, dia hend ofd mai Geld wia mir.«

»Dene wird s jo en Hendara naigschoba.«

»Ond wer zahld s? Mir!«

»Mr woiß ja, worom dia zu ons komma wöllad. Do brauchsch mr doch nex schwätza. Des liegd doch glasklar uff dr Hand. Do brauchsch doch bloß fenf ond fenf zammazähla.«

»Gsendl hend mr selber gnuag, do brauchad mr et au no a ausländischs drzua.«

»S soll aber au a baar rechde Leud onder de Ausländer gebba.«

»Aber, do muasch fai Glück han, wenn da oin vrwischa willsch.«

»Mr druckad Ehne dr Dauma, dass Se koi Pack neaba na kriagad.«

»Mr wird seah.«

»Was häddad Se außer dene Brezga no wölla?«

»Drei Croissants.«

»Gell, Sia wissad doch, dass dia aus Frankreich kommad.«

Mr nemmd hald no em Flegga Antail. Des isch des Scheene, wenn mr uff am Land wohnd. Au wenn de Alde, also de Aihaimische emmer weniger werdad.

Ond na isch doch eines Tages tatsächlich a obekannds Auto vor derra Wohnung gschdanda mit ara Autonummer mit drei Buachschdaba!

Ja, jetzd l… Mir hend s befürchdad. Älle. Also, älle drom rom.

Hädd des et au oiner aus am oigana Flegga oder wenigschdens aus am Landkreis sai kenna? Mir häddad sogar oin vom Nochbrord gnomma, wenn s hädd sai miaßa. Noi, s muaß ja äbber vom Ausland sai. Wia gsagd, mir hend s befürchdad. Jetzd isch s aus mit dr Ruah. Jetzd ka mr wieder sämtliche Düra zuaschliaßa ond d Fenschdr au.

Ja, guad, mir hend na zerschd amol dr Rolllada ronderglassa, dass mr et glei siehd, dass mr guggd. Viel gseah hend mr allerdings et. A Audo hend se ghed, do hosch nex saga kenna. So an Middelklassekombi. Immerhin, Middelklasse. Wahrschainlich gliesd. Egal. Machd mr heud so. Sogar mir. Kosch ja nemme vrzahla, wenn da a deutschs Auto willsch. An Ausländer kriagsch no. Aber wer will des scho. Also bei ons en dr Schdroß fährd koiner oin. Ond der Chrysler vom Hämmerles Manne hot jo aigendlich au no zom Daimler ghörd.

Also, ih moin, wenn se sich koin so an Karra laischda kenndad, na kenndad se sich ja au dui neia Wohnung von onserem alda Nochbr et laischda. Also, em Flegga hot des Haus koiner kaufa wölla, wia e ghörd han. S sei oifach z teuer. Hoißd s. Ond na miaßd mr s au no von Grond auf renoviera. Sechd mr.

Der Kombi machd me schdutzig. Wahrschainlich au no an Deifl voll Kendr. Aus mit dr Ruah. Kendergschroi, dr liabe lange Dag. Aber dene ... na ja. Wardad mr s amol ab. Ih möchd et vor de Schtroich schreia.

Vielleichd hend se jo au bloß an Hond. Des wär mr grad rechd. Na kennd r em Bäuerle sai Saukatz schaicha, dia emmer en maine Gmiasbeedla naischeißd, des Luader, des elende ... Wardad mr s ab.

Apropos laischda kenna. Uff welcham Weg manche Leud zu ihram Geld kommad! Mr siehd hald et dra na. Ih mechd ja nex onderschdella.

Ond na hend se älle Fenschdr uffgrissa, dia Neie. Mir hend aber trotzdem et arg viel mai gseah, obwohl e s Fernglas ghold ghed han. Mir wohnad em erschda Schdock ond dia em Erdgeschoss, also onda. Oba wär s au deurer. Ih han bloß emmer d Fiaß gseah, oimal mit Hosa ond oimal onder ama Rock firre.

Ond na han e gschwend für a halba Schdond uff s Klo miaßa ond mai Frau an s Telefo. Ond wia e na wieder han gugga wölla, warad d Läda wieder honda ond s Auto weg ond na han e hald den Rollада wieder nuffzoga.

»Ond? Warad se scho do?«

»Was send des für Leud?«

»Isch s äbber Rechds?«

»A Pack wird s sai, sonschd häddad se sich scho seah lassa.«

»Wo kommad se her?«

»Was machad se?«

»Isch s a Sui ond an Er?«

»Send se vrheiradad oder leabad dia wild mitanander zamma?«

»Send se wieder weggfahra?«

»Wahrschainlich war s an doch z teuer.«

»Wer woiß, für was guad war.«

Achd Dag schbäder warad d Handwerker do. Ih han main Rolllada wieder ronderglassa ond guggd, weil, dia warad et aus am Flegga ond d Autonummer vom Laschdwägale han e au et kennd. Maler, Inschdalladör ond was mr sonschd no ällas für Leud brauchd, wenn mr a Wohnung herrichda will. Aber nichd von hier! Wieder d Schdeuerkrafd ens Ausland! Wia wenn mr et scho gnuag zahla dädad!

Aber fleißig warad se. Do hot mr nex saga kenna. Ond sia hend ihr Sach au sauber henderlassa. Nichd amol alde Dabedareschd em Nochbr sain Mülloimer naigschdopfd. Obwohl der nia ganz voll hot. Se hend ällas mitgnomma. Ih moin des, was an au ghörd hot.

Also, des isch fai heudzudag et selbschdvrschdändlich. Alle Achdong. Was mr do scho so älls ghörd hot, main liaber Scholli. Dr halbe Bau wär do so manchs Mol vrschwonda. Des hädd grad nomal a Häusle glangad, so liadrig wia se ofd en manche Gegenda bauad. Ih möchd jetzd ja koine Länder nenna, et dass hoißd, ih hädd gega s Ausland Vorurdail. Jetzd däd s me bloß no interessiera, wo dia herkomma send.

Ond na send se wieder komma, dia mit ihram Middelklassekombi. Ih han gar et so schnell dr Rolllada nonderlassa kenna, wia dia do gschdanda send ond »Guten Tach« gsagd hend. Na han e hald leichd mit am Kopf gnickd, ofraindlich will mr jo au et glei sai, ond han so do, wia wenn e s Fenschdr butza däd.

Ond a baar Schdond schbäder isch ain allmachds Möbelwaga komma, hod an Haufa Zuigs ausglada, isch noch drei Schdond wieder weggfahra ond mir hend se jetzd endgüldig do ghed, onsere neue Nochbr.

Hilflos hemmer zuagugga miaßa, wie onser Nochbrschafd vollkomma überfremdad. Es war ain Elend, ka ih euch saga.

Morgens beim Bäcker

»Heud Morga war se do.«
»Wer?«
»Ihr neie Nochbere.«
»Ond?«

»Was, ond? Hend Sia no koin Kontakd mit ihra uffgnomma?«

»Ja, wann denn? Ja, moinad Sia vielleichd, ih hädd Zeid om neugierig zom Fenschdr nauszhangad wia de ald Frieda mit ihram Kissale uff am Semsa?«

»Ha, noi, aber ...«

»Ih mach grad em Keller Großbutz.«

»Ach so, ha na siehd mr freilich nex, wenn mr bloß em Keller romfuhrwerkd. Aber se hot bar zahld. Vielleichd hend Se ja Glück mit Ihre neue Nochbr. Also, em Vrtraua, wenn Se mih frogad, so an ganz schlechda Aidruck hot se gar et gmachd. War au et ganz liadrig azoga. Also nex Billigs oder so. Noi, ordendlich. Faschd wia mir.«

»Uff s Äußere ka mr et emmer ganga. Des merkd mr erschd mit dr Zeid, was mr sich do aighandeld hot.«

»Do hend Se au wieder rechd. Also, viel Glück mit de Neie. Zahla miaßad Se au no, et dass mr des wieder vrgessad vor lauder Schwätza. Ade ond dank schee.«

Wia wenn ih et zahla däd, dia kniggada Entaklemmere. Mr ka jo au amol äbbas aus Vrseaha vrgessa, oder?

Dass d Leud doch emmer wieder auf Äußerlichkaida raifallad. Des bassierd mir et. Ih ben do liaber a bissle skeptischer. Ih han me au en de nächschde Wocha no a bissle zrückghalda. Ih hädd jo drussa em Gmiasgarda Okraud raus do sodda miaßa. Han e aber et gmachd, obwohl mr s scho ganz arg war. Weil, ih will s om s Haus rom sauber han, et dass na hoißd ..., net wohr, mr woiß ja, wia d Leud send, wenn äbbas et ganz so en Ordnung isch, ond des gohd fai glei em Flegga rom ond om s Nommgugga schdohsch em a entschbrechenda Lichd. Ih han s aber trotzdem et gmachd, weil mai Gmiasgarda genau bis an dene ihran Zau na gohd ond dia dromma au grad ihran Garda grichdad hend.

Ih han me hald au et abiedara wölla. Des isch gar et mai Ard. Was hädd e au mit dene schwätza sodda? Mit wildfremde Leud? Wer woiß, ob ih dia überhaupd reachd vrschdanda hädd ond blamiera will mr sich ja schließlich au et, net wohr, ond des na au no glei bei dr erschda Begegnung. Noi, noi, do ben e vorsichdig. Ih han hald drweilsch onderm Rolllada a bissle nausguggd, ob se ihr Sach au richdig machad.

Also, ogschickd naglangd hend se gar et amol so arg. Ih moin, ih möchd mr do jo koi Urtail erlauba. Ih mechd me do jo au et aimischa ond als Greachdscheißer do schdanda. Ih moin, ih hädd hald des Blumarabäddle näher an s Haus na gmachd, wega dr Rückschdrahlwärme ond am Nuffschbritza beim Reaga. Aber, bidde, des Menschen Wille ischd sain Himmelreich, wia dr Goethe oder wer des war, scho gsagd hot. Au wenn se s groddafalsch machad.

Ond wia se dia Heck nagschnidda hend! Also, ih woiß au et, ob dia em nächschda Frühjohr überhaupd wieder austreibd. Wenn ich Heck wär, ih däd s et.

Aber an Schniddlauch däd e no braucha. Menschenskinder, wenn send dia endlich mit ihram dubbaliga Garda ferdig? Wenn ih en dem Tempo schaffa däd, na däd e maine Radiesla erschd em November en Boda nai kriaga.

Mir kriagad nämlich Gäschd ond d Oma kommd au zom Middagessa mit ond bei ons wird am zwölfe gessa. Scho emmer! Ond uff a gscheida Ailaufsubb ghörd hald obedengd a bissle an frischa Schniddlauch drüber gschdraid.

Na gang e hald wieder en d Schdub ond deck drweilsch dr Disch. Ewig ka e au et warda ond dene beim Schaffa zuagugga. Des regd me sowieso uff, wenn andere schaffad ond mr ka an koin guada Rod gebba.

Ond kaum, dass e dr letzschde Deller uff die durchsichdiga Plaschdigdegga druffgschdelld han, de schee Dischdegge siehd mr jo durch ond ih sieh et ai, dass jedes Mol, wenn de bucklig Vrwandtschafd drherschuahad, ih na hendadrai an Haufa Dischwäsch han. Ond en d Küche will mr se ja au et grad setza, net wohr. Also, kaum dass e dr Disch deckd han, fahrd a Auto drher, d Düra batschad – ond? – koi Sau schelld.

Ih sau gschwend nomm en d Schlofschdub ond gugg onderm Rolllada durch. Schdohd doch de ganz Blos vor am Gardadürle von de neue Nochbr ond baatschd mit dene. Ih hald me seid drei Wocha vornehm zrück ond dia kommad drher, seahad dia s erschd Mol ond schwätzad uff dia nai, wia uff a schwachsennigs Kend. Vrwandtschafd. Ih sag s ja. Koin Aschdand em Ranza. Ha, des gibd s doch et. Ha, des gohd doch et! Was sollad dia von ons denka? Was glaubad dia na, was mir für an Omgang hend?

Ih mach na leise dr Kibbflügel uff, weil, interessiera däd me des scho au, was se do so Wichdigs mitanander hend ond was se über oin schwätzad. Ond mir brennd drweilsch d Subb nai. Grad egal, dui wird trotzdem gessa. Wärad se glei herganga.

Ond na hör e grad no, wia d Oma frogd: »Wo kommad Se aigendlich her?«

»Wir kommen aus Krusenkrien, das ist ein ganz kleiner Ort in Mecklenburg-Vorpommern, also ganz weit im Osten, von hier aus gesehen.«

»Was hend Se dord gmachd?«

»Wir hatten dort eine kleine Versicherungsagentur.«

»Ja gibd s des dord au? Brauchad ihr au so äbbas?«

»Ja, natürlich. Warum auch nicht. Aber mein Mann ist jetzt hierher in die Hauptverwaltung versetzt worden.«

»Ond wia lang send Se na jetzd scho do?«

»Am kommenden Donnerstag werden es schon drei Wochen.«

»Haidanai, für des kennad r aber scho reachd guad deutsch.«

Mir isch na letzschdendlich au nex mai anders übrig blieba. Na han e hald au irgendwann amol »Griaß Godd« zu dene Neue gsagd.

Uffgleasa

Wenn jeder sich om s Sach von andara so wenig kümmara däd wia oms oigane, na däd s überhaupd koine Händel meh gebba.

A evangelischs Würschdle ka mr au en a ra katholischa Kachel siada.

Der Mensch muaß Glück han. Wenn r koi Glück hot, hot r a Mensch.

So lang d Orgel no schbield, isch d Kirch no et aus.

Et ällas, was zwoi Backa hot, isch au a Gsichd.

Onderm Disch isch au en dr Schdub.

Hard isch hard, ond woich isch woich. Aber ällaweil woich, isch au hard.

Do mr aus Fehler lerna ka, ka mr d Fehler et früah gnuag macha.

Mr ka mit am a Loddersoile koine Biera meh raschdubfa.

Wenn a Schwob von a ra Rais zrückkommd ond nex mitbrengd, na isch des, wia wenn r äbbas vrlora hädd.

Gsellige Schwoba:
Wenn oiner issd,
hockad mr zu am na ond essad mit.
Wenn oiner trenkd,
hockad mr zu am na ond trenkad mit.
Wenn oiner schaffd,
lassad mrn schaffa.

Em Alder:
Gold en de Zäh,
Silber em Hoor
ond Blei en de Glieder.

Dr Senioranochmiddag

Sisch ja schee, wenn so a Gemainde au oimol em Johr an ihre oigane Seniora denkd. Ih ka mr vorschdella, wenn mir amol no älder send, na fraid s ons au, wenn mr aiglada werdad ond na omasonschd, hald, noi, koschdalos an Nochmiddag em Gemaindehaus hocka könnad.

Bis uff mai Dande, dui gohd et na. Zu dene alde Leud hock se et na, sechd se. S nächschd Johr wird se honderd. Ogloga.

Zur Grundausschdaddung von jedam Senioranochmiddag ghörd a Schdück Hefazopf mit Mugga dren, also mit Rosina, damid d Leud äbbas zom Grubla ond zom Naidonka hend. Zu bsondere Aläss gibd s selbergmachde Kuacha, dia den Vordail hend, dass se d Gmoind nex koschdad. A Tass koffeinfreia Kaffee mit viel Milch ond Zucker oder Süßschdoff, an Kräutertee, a Vierdale leichder Trollinger, a Brezel, an Kenderchor, an Pfarrer oder a Pfärre, dr Schuldas oder d Frau Bürgermaischder ond a Senioragymnaschdig- oder Tanzgruppe. Drzua na brauchd mr freiwillige Helferinna zom Bediena. Des send na au maischdens dia, dia dr Kuacha bacha hend ond druff achdad, dass se au ihre Kuachabladda wieder mit hoim kriagad, vielleichd sogar no a scheenara, wenn koin Nama druff schdohd. Weider brauchd mr a jugendliche Endsechzigere, die Gitarre oder Quetschkommod schbiela ond einigermaßa senga ka ond a Texschdbiachle hot, ond na brauchd mr no an Kasseddarekorder, an dem sich koi Sau auskennd.

Em Hausmoischder sodd mr au saga, dass r d Laudschbrecheralag aufbaud. Des hot zwar no nia klabbd, aber der wär schdenksauer, wenn mr ehn et froga däd. Ofdmols isch so a schrilla Rückkobblung s oinzige, was d Leud aus dr Alag vrschdanda hend.

Den geschmackvolla Dischschmuck, den sodd mr wieder vom Seniorarad macha lau. Do isch a ehemaliga Florischdin drbei, dui glaubd, se däd von derra Sach äbbas vrschdanda. Als dui no aktiv tätig war, send d Leud scho domols en Nochbrord zom Gärtner Blickle, wenn se an scheena Schdrauß oder a bissle a gschmackvolls Gschdeck brauchd hend.

Kränz für Beerdigunga hot se macha derfa. Dia warad au billiger als beim Blickle ond dia Vrschdorbane hend sich jo au nemme drgega wehra kenna.

Do wär s Heu honda, wenn mr dui überganga däd, mai Liaberle. Des isch koi Gwöhnlicha. Oimol hot dr Kendergarda äbbas baschdeld, so Männla aus Herbschdfrüchde. Ganz goldig.

Se komm et, hot se am Schuldas ausrichda lau. Mr däd se jo nemme braucha. Se sei überganga worda. Überflüssig, sozusaga. Mr hädd se jo wenigschdens froga kenna.

S hot ällas brauchd, dass se na doch no komma isch. An persönlicha Briaf hot dr Schuldas gschrieba, weil mr neamerds ausgrenza kennd, obwohl am dr Amtsbodd a Vierdale zahld hädd, wenn er den Briaf bei derra Beißzang et hädd abgebba miaßa.

Schbädeschdens am vierdel zwoi gohd s Getrebbel vor dr Halladür los. Am halb drei fangd d Vraschdaldung erschd a. Am zwoi isch Ailass. Drenna sauad d Helferinna rom wia uffgschaichde Henna, deckad dr Disch ond schdellad dr Dischschmuck na, der emmer wieder omhageld, weil d Fiaß von de Blumaväsla onda viel z kloi für dia Allmachdsgschdecker von der ehemaliga Florischdin send.

Ond na pfeifd s ond krachd s aus dr Lautschbrecheralag raus, dass oim schier s Birnle naus haud, weil dr Hausmoischdr vrsuachd, dia Alag en Gang zom brenga.

»Glomb, vrreckds! Dreh e uff, pfeifd s, dreh e ra, brommd s.«

»Schdells doch en d Midde.«

»Na hörd mr nex.«

»Probiers amol. Schwätz amol nai.«

»Eins, zwei, eins, zwei ...«

»Schwätza sollsch, et s Einmaleins ronderbedda.«

»Zähld isch au gschwätzd.«

»Was isch?«

»Zähld isch au gschwätzd! Eins, zwei, eins, zwei ...«

»Mach den Kaschda nomal aus ond na wieder a. Ziag amol dia Bäss nuff ond nemm dia Höha a kloi bissle ronder. Dr Regler en d Midde!«

»Was isch jetzd was?«

»Rechds send d Bäss, d Höha lenks, d Laudschdärke isch en dr Midde.«

»Isch jetzd guad?«

»Noi! Hosch überhaupd aigschaldad?«

»Noi! Aber jetzd, bass uff!«

Ond na duad s ainen Schlag, dass s schier s Halladach lubfd. D Gerda, dia grad mit ihra scheena Cremdord en Richdung Kuachatheke gloffa isch, vrschrickd en d Seel nai, vrsuachd dui Dord, dia en s Rutscha komma isch, no uff dr Disch zom brenga, schaffd s aber nemme ganz. D Dord war schneller. Dr kloinere Doil von dr Dord guckd dem größara Doil von dr Dord von dr Dischkande aus zua, wia der, a broida, brauna Schleifschbur henderlassend, über s Dischduach am Dischboi na uff dr Bladdaboda breggeld, sich dord zu ama Häufle aufrichdad ond na en sich zammafälld, wia wenn r saga wödd, jetzd leggad me doch älle am Arsch.

Nochdem dr Hausmoischdr resignierd d Alag ausgschaldad hot, d Gerda tröschdad worda isch, s seiad eh zviel Kuacha do, wer will des au ällas essa, a Lorbeerbäumle aus dr Leichahall vor den vrsauda Doil an dr Kuachatheke gschdelld worda isch, hot mr dr Kaffee gmachd ond am Radio-Fritz agruafa, er soll sai Hädsed brenga.

Vor dr Halle wird druckd, gschoba ond gschembfd.

»Früher hädd s des et gebba. Do hot mr am zwoi nai derfa. Do isch s jo au scho am halb drei losganga. Heudzudag wird bloß no aigschbard. Bsonders bei ons Seniora.«

»S isch doch erschd halb zwoi.«

»Was hoißd do noi?«

»Halb zwoi han e gsaid!«

»Sag e doch, am zwoi.«

»S isch doch erschd halber!«

»Noi, noi, halber war s et, s war am zwoi.«

»Ih geb s uff.«

»Des frog ih mih au. Worom machad dia et uff?«

Ond na druckad se d Nos an d Scheib na. D Kädder, dia nemme so guad hörd, klopfd an s Fenschdr na.

»Kädder, jetzd ward hald. Dia machad doch glei uff.«

»Zua isch, et uff! Wia ofd muaß e des no sa? Hörschd du schlechd?«

Ond na machad se uff, aber et do, wo d Kädder schdohd. Uff dr andara Seide. Mr hot bei dr Renovierung von dr Halle dr Aigang vrlegd. D Kädder lassad se no a Weile schempfa ond glopfa, bis se na oiner am Ärmle nemmd.

»Lang me et a! Des han e früher scho et leida kenna, wenn so jonge Kerle an oim romfengerla hend wölla!«, fährd se dr Josef a, der jetzd au scho uff de achzg zuagohd, ond s bloß guad mit ra gmoind hot.

Am Aigang werdad se vom Schuldas persönlich mit Handschlag begrüßd. Dr Otto, der jo aigendlich hot Senger werda wölla, aber sai Vaddr hot an Nochfolger für sai Küfergschäfd brauchd, schdohd am Aigang vor dr Schuldas na, broidad boide Ärm aus wia dr Pavaroddi ond sengd: »So ain Tack, so wunderschön ... jetzd druckad doch et so saumäßig, ihr Granadabachel!«

Ond na wird r weidergschoba wia domols von oim Gsangvrrai zom andara em ganza Landkreis, obwohl mr jo Männer brauchd hädd. Ehn hot hald koiner wölla, weil er emmer ällas besser gwissd hot ond nia des do hot, was dia Dirigenda zu ehm gsagd hend, dia Ignoranda, dia koi Ahnung hend, uff was s akommd. Ond a Solo hend se ehm au vrsagd. Älle. Dia Neidhammel, dia elende. En oin Sack nai ghörad dia ganze Dirigenda vom Landkreis, en oin Sack nai, ond na ghörd druffgschlaga. Des triffd koin Falscha!

Wer hockd jetzd neaba wem, ond vor ällam neaba wem et, ond worom?

»Neaba dui hock ih mih et na, dui vrzähld wieder ällas em Flegga rom, dui alda Schlabbgosch.«

»Ih muaß vorna nahocka, henda hör ih nex.«

»Des isch doch grad egal, wo da hocksch, vrschdanda duasch doch sowieso nex.«

»Des isch mai Schduahl, do ben e z letzschd Johr au ghockd.«

»Wärsch hocka blieba.«

»Herr Bürgermaischder, wo hockad Sia na?«

»Nergads.«

»S machd Ehne doch nex aus, wenn e me do a bissle drzuah hock.«

»Liaber schdand e ond donk main Zopf en a Blumavas nai, als dass e zu dene zwoi nahock. Dia kriagad ja doch wieder Hendel.«

»Noi, noi, do kosch ruhig drzuah hocka. Der hot sich an Hörabberad kaufd. Den ka r ausschalda. Ond seid der nemme höra muaß, was sui ällas vrgessa hot, kommad se beschdens mitanander aus.«

»Jetzd guck da na, so schnell vrgohd d Zeid. Lauder alde Gsichdr.«

»Ja, aber an Haufa neue Zäh.«

»Mensch, isch der Guschdav ald worda. Der isch doch erschd Midde sechzga.«

»Siebnasechzg. S isch mai Johrgang. Wenn der mit hondert no so ausseaha will wia heud, na muaß r sich aigfriera lau.«

»Do henda sieh ih fai et, was se do vorna schwätzad. Ih gang fai glei wieder hoim.«

»Vrschbrocha?«

»Hausmoischdr! Do henda fehlad no Schdüahl!«

»Wie viel soll e no uffschdella?«

»Für jedan oin.«

Ond wia na endlich älle hockad ond nochdem dr Kaffee aigschenkd worda isch ond dr Kuacha uff am Disch schdohd, begrüßd dr Bürgermaischder dia Seniorinna ond Seniora offiziell: »Maine lieben jung gebliebenen Seniorinnen und Senioren …«

So beginnd faschd am a jeda Senioranochmiddag d Schuldasrede ond do schbield s na überhaupd koi Roll, dass d Hörabberäd pfeifad, Tassa ond Deller klebbarad, während des Dorf- oder Stadtoberhaupd die aktive Rolle der Seniorinna und Seniora in der Gemeinde über dr Schellakönig lobd, ob ihres konschdruktiven Beitrags zom Wohle der Gemeinde und ob ihrer Vorbildrolle für die Jugend als Fels in der Brandung des Prozesses des Werteverfalls. Ond na schbield des au gar koi Roll, dass henda oiner »lauder!« schreid, ond en dr Midde oina »ih vrschdand nex«, ond dass des kommentierd wird mit »des han ih mir glei denkd«, ond dass na glachd wird, ond dass no »bssschd!« hoißd.

S isch jo faschd äll Johr s Gleiche ond was mr desmol et mitkriagd hot, des kriagd mr na vielleichd s nächschd Johr mit. S isch aber au grad egal.

Noch mendaschdens a ra halba Schdond, wo na no ausführlich über die finanzielle Notlage der Gemeinde, die Erfolge der vergangenen Jahre und über nicht finanzierbare Zukunftsprojekte an de Seniorinna ond Seniora vorbeireferierd worda isch, a mancher Gaschd isch scho halber weg, weil an des Gschwätz vom Schuldas scho au gar et interessierd, sechd na des Gemaindeoberhaupd: »Jetzd will ih aber mit maineren Begrießungsrede zu Ende kommen. Die Kinder von der Grundschule trebbelen schon. Sie wollen Ihnen ain schwäbisches Liedulein zu Gehör bringen, hald vorsingen, net wohr.«

Fraindlich zum Publikum lächelnd fährd dann s Frailain Hutzalaub durch d Zäh durch ihran Grundschulchor a, so dass des mendaschdens de erschde drei Bankroiha hörad, se sollad endlich d Aufschdellung macha, wia mr s giabd häb, ond d Fenger aus der Nos nemma ond et dr Oma ond am Opa wenka, sondern sui agugga. Sui, sui, sui! Obwohl, ih ka s irgendwie vrschdanda, wenn se bei derra wegguggad. Ond na fangad se a: »D Bäure hot d Katz vrlorn, woiß et ...«

»Was sengad dia Kenderla do vorna?«

»Schald hald dai Geräd ai.«

»Des pfeifd emmer so.«

»Na schdell s hald laiser.«

»Na hör e doch nix.«

»Na läsch s.«

»Na hör e doch au nex.«

»D Bäure hot d Katz vrlora.«

»Ja, sag bloß! Ja, wia isch jetzd au dees wieder bassierd?«

»Des isch et bassierd. Des sengad dia Kender.«

»Ja, so. Ha, no gohd s jo.«

»Kennad ihr zwoi do vorna et endlich euer Maul halda? Ih will den Kenderchor höra!«

Noch am Kenderchor schbrichd no dr Herr Pfarrer für boide Kirchagemainda: »Liebe Gemeindemitglieder katholischer- und evangelischerseids, natürlich schließe ich auch die in main Herz ein, die nicht an Godd glauben, die Goddlosen, die Godd losgelassen haben, aber er sie nichd, sie haben es nur noch nichd gemerkd. Das kommd noch, warded es nur ab. Die werden dann schon noch an maine Worte denken, wenn sie nichd mehr sind. Aber lassen Sie uns heute ein anderes Thema anschneiden.«

Zwischaruf laudschdark em Pfarrer sai Schnaufpause nai: »Doris! Wo bleibd mai Vierdale?«

Gelächdr. Der Pfarr woiß et worom, greifd des Lacha aber auf ond sechd: »Ein Seniorennachdmiddag ischd aine haitere und fröhliche Angelegenhaid«, ond drzua na machd r a Gsichd wia bei a ra Beerdigung.

»Es ischd gar nichd ungud, dass man im Alder nichd mehr so gud gehen kann, dann kann man nämlich die paar letzschden Seiten im Buch des Lebens in aller Ruhe lesen. Das Wohnzimmer ischd das Buch. Machen Sie das Fenschdr zu und entdecken Sie die weite Weld. Mit diesen Worten möchde ich Sie grüßen und mich für Ihr Leben bedanken. Wir singen jetzd noch gemeinsam das Lied ›Wer rechd in Freuden wandern will‹. Den Texschd haben Sie auf dem gelben Bladd vor sich liegen.«

»Wenn der glaubd, dass ih jetzd des Schdückle Rührkuacha wieder auswickel, na deuschd der sich.«

Am beschda hörd mr jetzd natürlich dr Otto, dr vrhinderde Heldatenor.

Noch am Senga trägd die Vorsitzende vom Seniorarad ihran Rechaschafdsberichd vor: »Sehr geehrder Herr Bürgermaischder, lieber Herr Pfarrer, liebe Frau Pfärrin, liebe Aldersgenossinnen, maine Damen und Herren, ih will es kurz machen, denn wie Sie ja alle hoffentlich vielleichd wissen, liegd in der ... in der ... wia hoißd jetzd des nomal?«

»Kürze!«

»Kürze, ja, richdig, noch dem Word han e gsuachd. Wenn mr oimal em Johr so an Schbruch brauchd, na fälld r oim et ai. Gohd des euch au so? Mr wird vrgesslich em Alder, net wohr, aber, was han e aigendlich saga wölla, jetzd hen r me ganz durchanandr brochd ... hald, noi, jetzd han ih s wieder, s isch schainds doch no et gar so schlemm ... In der Kürze liegd die Würze. Genau, des war s. Wie Sie ja wissen oder die Neuen under uns auch nichd, beschdehd unser Gremikum aus neun Mitglieder und jede Woche eine Sitzung. Die regelmäßig anberaumden Schbrechschdunden haben wir aufgegeben, weil koi Sau kommd. Wir können uns das nichd erklären, genauso wie den Fahrdienschd. Den haben wir auch aufgegeben wegen mangelnden Inanschbruchnehmens. Trotzdem ziehen wir jedes Jahr sieben bis neun Veranschdaldungen durch, obwohl aine so wenig besuchd wird wie manch andere.

Ein Ausblick: In den nächschden vier Wochen haben wir zwei interessande Veranschdaldungen an Land ziehen können, die sicherlich das vielseidige Interesse jedes Einzelnen, ob Senior oder nichd, wecken wird. Erschdens: Nährschdoffe. Diese Einladung gild auch für Männer, und zweitens: das Rasengrab mit Tafel, wo dieses oder jenes liegd, zusammen mit der neuen Friedhofsordnung.

Für die Neuwahlen stehe ich Ihnen wieder zur Verfügung. Mit freundlichen Grüßen Ihre Margot Schreiner, geborene Schurriegel.

Und jetzd noch am Schluss die Seniorentanzgrubbe unter der Laitung unserer bewährten Friedel. Am Kassettenrecorder David Schurr, den maischden bekannd als dr fetzigschde Senioradiedschei bei der Weiberfasned des Pflegeheims Sankd Hypolith am schmotziga Dooschdig em Gymnaschdigsraum der hiesigen Grundschule. Ich derf mich in diesem Zusammenhang beim Hausherren, dem Herrn Schullaidr ... ain Namensgedächdnis han ih, dem Schullaider ...«

»Gänseleber!«

»... beim Schullaider Gänse..., so ain Quatsch, beim Herrn Schullaider Keierleber rechd herzlich für das Zuvorkommnis bedanken. Das wär s meinerseits. Ich danke Ihnen für Ihre geschätzde Aufmerksamkaid. Friedel, du bisch dra.«

D Friedl will no a baar Word saga. Mr vrschdohd se aber et.

»Hausmoischder! Wo isch des Hädsädd? Setz dr Friedl doch des Hädsädd uff!«

Omschdändlich will er dr Friedl des Hädsädd über d Perück schdülba, aber dui wehrd sich dapferle.

»Nemm daine ausdruckslose Wurschdfenger aus maim Hoorwerk!«

»Ih will dr doch bloß ...«

»Dua des Deng weg, sag e!«

»Do brauchsch koi Angschd han, des duad et wai.«

»Nochher kriag e no an elektrischa Schlag ond na vrschiddels mai Hirn.«

»Was soll s denn do vrschiddla?«

D Friedl hot trotzdem gwonna. Dr David druckd uff s Knöpfle vom Kasseddarecorder. D Musik beginnd. S isch aber de falsch. D Kassedde isch vrkehrd rom dren ond mr hörd an Rock'n Roll von dr Schbordtanzgruppe, dia au zom gleicha Vrrai ghörd. Normalerweis brauchd mr jo au bloß oi Geräd. Dass des de falsch Musik isch, machd derra Senioradanzgruppe aber nex aus, dia kennad ihre Schridd au so ond dabbad weider em Reng rom. D Friedl merkds nadürlich glei ond duad an Schroi naus: »Aus! Aus! Aus! Mensch David, du bisch doch a Dachbladd!«

S isch bloß guad, dass d Lore ihr Quetschkommod mitbrochd hot, ond dui hot au die Polka em Repertoire, noch dene die Tanzgruppe ihr Schriddfolge aigüabd hot. Se isch zwar a bissle bälder fertig worda als dia Tänzerinna, aber des hot nex ausgmachd, dass dia a halbe Ronde nochdanzd, nochgschwitzd, nochzähld ond vor sich nagschembfd hend, weil de oi oder de ander emmer wieder a bissle aus am Tridd komma isch. En dem Alder kosch nemme so schnell migga, do hot mr oifach a bissle an längara Bremsweg.

Nochdem s offizielle Programm rom isch, hockd mr no gmiadlich zamma ond schwätzd mitanander ond erzähld sich gegaseidig sai Krankagschichd. S interessierd em Grond gnomma koi Sau, weil jeder sai oigana hot, dia er onder d Leud brenga will.

Dr Pfarrer frogd no dr Emil, dr Dodagräber, ob er au scho wissa däd, wer geschdern gschdorba sei, damid er ehm dr Termin vom Begräbnis saga ka. Dr Emil aber widmad sich saim Vierdale, guckd net amol nom ond sechd so neababei, nochdem er aber zerschd no en sai Butterbrezg naibissa hot, mit vollam Maul: »Noi, woiß e et, aber mir isch a jeder rechd, Haupdsach, s Gschäfd laufd.«

Alde Freundschafda werdad uffgwärmd ond alde Feindschafda werdad pflegd. Ond deshalb sechd dr Reinhold no zua saira Schualkamerä̈de, dia er no nia hot leida kenna, weil se emmer so a aigebildada Schmotzkachel gweasa isch: »Mit derra neia Brill siehsch aber gar et guad aus.«

Sui, ganz eschofierd: »Ih han doch gar koi neia Brill auf!«

»Aber ih«, lachd dr Reinhold ond älle drom rom au, bis uff oina. Ond so gohd dr Senioranochmiddag au wieder rom, wia dr Pfarrer scho gsagd hot, als haidere und fröhliche Veranschdaldung.

Vor am Theaterbsuach

Mir kriagad von onsere Fraind zu de Geburtsdäg emmer Theaterkarda gschenkd. Godd sei Dank. Wenn mr dia et häddad, däd d Kultur bei ons gega null tendiera. Grad, dass mr no schanderhalber zom Gsangsvrainsjahresabschlusskonzerd gangad, weil mr sich dord seaha lassa sodd. Et, dass oim s drnoch wär. Aber mr woiß ja nia, ob mr dr oi oder dr ander vom Chor et doch amol wieder für äbbas brauchd. Äll zwoi Johr schickad mr d Oma mit ihrer Fraindin na, dass dui au amol wieder onder d Leud kommd. Ond d Oma ond d Fraindin fraiad sich ond mir kennad en Ruah benoggla.

S letzschd Mol hend mr von onsere Fraind Opernkarda kriagd. Klasse, han e denkd. Do hend sich onsere Fraind aber guad aglau.

Sui em Bad. Er em Schlofzemmer. Boide no guad glaund ond scheißfraindlich zuananander.

»Schahatz?«

»Jaha!«

»Wo isch mai weiß Hemmad?«

»Uff am Biegl!«

»Ih fend koi weiß Hemmad!«

»Muaß aber do sai!«

»Isch s aber et!«

»Muaß aber!«

»Nohoi!«

»Ih han doch geschdern älle daine Hemmerder biegeld!«

»Na miaßd s jo do hanga! Duad s aber et!«

»Gugg no amol!«

»Ih ka gugga wia e will!«

»Gugg richdig!«

»Ih gugg ja richdig!«

Weniger scheißfraindlich.

»Offasichdlich et, sonschd dädsch s fenda.«

»Ha, ih ben doch et bleed.«

»Bleed hosch du gsagd.«

»Ih han et bleed gsagd!«

»Ha, doch, du hosch doch grad äba gsagd: ›Ih ben doch et bleed!‹«

»Blend! Blend han e gsagd ond et bleed!«

»Isch doch grad egal.«

»Isch s et. Zwischa bleed ond blend isch a gewaldiger Onderschied. Ih werd doch no wissa, was e gsagd han!«

»Offasichdlich et. Offasichdlich däd aber boides bassa.«

»Wie bidde?«

»Kenndasch mr jetzd endlich mai Ruah lassa, ih muaß me ja schließlich au no richda.«

»Du bisch doch scho a Schdond em Bad! Was duasch denn aber au?«

»Ih mach me hald schee.«

»Früher isch des fai schneller ganga.«

»Schwätz doch et.«

»D Hälfde von dr Zeid hosch früher brauchd.«

»Do war e au halber so ald.«

»Ih wär scho lang ferdig, wenn e mai Hemmad fenda däd.«

»Früher häddsch s glei ghed.«

»Bei maira Muadr war jo au ällas an saim Platz.«

»Domols war au leichd aufräuma, bei dem oina Hemd, wo du ghed hosch. Ois für dr Werdich ond ois für dr Sonndich.«

»Des machd aber zwoi.«

»Noi, werdichs lenks rom ond sonndichs rechds rom.«

»Komm, komm, des isch jetzd aber vrloga.«

»Jetzd lass mr doch mai saubara Ruah. Ih will grad no maine Lidschadda nochziaga.«

»Oneedig wia a Kropf.«

»Ja, du brauchsch freilich koine. Du hosch se ja no von geschdern. Ih sag bloß Benoggelobend.«

»Von wega.«

»Et? Des isch ja no schlemmer!«

Von fraindlich koi Schbur me.

»Woisch was? Ih bleib do.«

»Nex do, erschdens werdad mr abghold ond zwoidens lässd mr dia deure Karda et vrfalla.«

»Na nemm hald dai Muadr mit.«

»Scho z schbäd. Häddsch hald bälder gsagd.«

»Ond ih ziag jetzd main Hausazug a ond schdrack me uff dr Sofa na. Schluss! Aus!«

»Ih komm doch glei.«

»Brauchsch nemme! Ih han jetzd scho gnuag von dem Theater.«

»Main BH werd e doch no aziaga derfa.«

»Brauchsch et.«

»Worom?«

»Damid dr s d Falda aus am Gsichd ziagd.«

S isch na a Weile nex me gschwätzd worda. S Hemmad isch onder am a andara Hemmad uff am Biegel ghangd. Woher soll denn ih des wissa kenna, dass mr für zwoi Hemmader bloß oin Biegel brauchd? D Schdimmung war uff am Nullpunkd.

»Soll e des beesche Koschdümle aziaga oder des Kloidle mit dene faine Längsschdroifa?«

»S Kloidle.«

»Worom?«

»Längsschdroifa schdreckad.«

»Na ziagsch du des schwarze Hemmad a.«

»Worom?«

»Des bassd besser zu daim Hals ond zu daine Fengernägel.«

Endlich schelld s an der Hausdür. Godd sei Dank. S gohd nemlich scho wieder los mit am Gezerfe. Onsere Fraind send grad hergfahra. Ond dia kommad so was von guad glaund ond fröhlich drher. Erwürga hädd e se kenna.

»Mir fraiad ons scho dr ganze Dag drauf. Ihr euch doch au? Oder et?«

Ond na strahlad se oin a, nemmad oin en Arm ond juchzgad älls. Ih juchzge au, aber en mih nai.

Jetzd sei amol von oim Augablick uff dr andere fröhlich. Lass dr nex amerka von daim Jäschd, s Gschenkle isch ja au von dene, frai de doch, Herrgodd noch amol, ond dua so, wia wenn nex wär.

Woisch du aigendlich, wia aschdrengend des isch? Du hosch so ainen Hals, wia wenn da an ganza Servieddaknödel samd der Serviedd nagschluckd häddsch.

»Ih muaß no gschwend uff s Klo.« Ih muaß zwar et, gang aber trotzdem. Sonschd platz e. Ih muaß rakomma. Zeid schenda.

»Mir hockad scho amol en s Audo!«

»Ih komm glei!«

Ond na schdand e em Klo vor am Schbiegel ond guck me a. A Gsichd mach e na wia bei ra Beerdigung. Richdig fröhlich. Zom Drvolaufa. Ih üab a neis Gsichd. Au et besser. S gfrierd mr ai, wia wenn mr beim Fotograf hockd ond wardad, dass er endlich auf dr Auslöser druckd.

»Lächla! Lächla han e gsagd! Sia sollad lächla, haidanaiaberaunoamolnai! Oder kennad Se gar et lächla? Wissad Sia überhaubd, was lächla isch? Ha!?«

Drussa hupd s.

»Ach leck mich doch die Welt ...«

Drussa hupd s zwoi Mol. Ond ih schlag so d Klodür zua, dass dr Schlüssel raushageld. Em Jäschd kick en mit äller Gwald weg, dass r über dr Schdoiboda schiaßd ond klirrend onderm Sofa vrschwendad. Bei dr letzschda Ailadung isch schaind s doch a Schnapsgläsle vom Kautschdischle naghageld. Ond mir hend ons scho gwonderd, worom d Gäschd so a billigs Schnabsgläsle aischdeckad. Uff jeden Fall muaß e des Gläsle mit ainem sadda Bladdschuss erlegd han. Jetzd isch mr s besser.

»Was hot denn do so ainen Allmachdsschlag do?«

»Wo? Bei ons? Ih han nex ghörd. Des wird beim Nochbr gweasa sai.«

Mir werdad en s Theater gfahra. Onderwegs schwätzad vor allem onsere Fraind ond mai Frau. Ih betailig me am Gschbräch mit »ja« ond »a wa«, damid mr et gar so arg merkd, en was für a Schdimmung ih ben. Bloß ab ond zua fang e na an entsprechenda Blick von maira Frau Gemahlin auf, der mir sechd, was se von maira Laune ond von maim Vrhalda häld. Nex.

Endlich hock e em Theater. S wird donkel. D Overtüre wird gschbield. Schee. Ih genieß. Ih mach d Auga zua, na hör e besser. Na ben e durch nex abglenkd. Ih mog Mozart. Ih frai me scho uff des romantische Bühnabild, des do drzua ghörd. Ih sieh s scho vor

maim gaischdiga Auge. Ih ben a hoffnungsloser Romantiker. Ih lass die ganze Opernatmosphäre uff me aiwirka. Ih tauch en a ganz andara Welt ai. Dr Jäschd isch vrrauchd. Dr ganze Ärger ond d Händel send vrgessa.

S wird heller. Ih mach d Auga wieder uff, nochdem d Overtüre zu Ende isch. Langsam hebd sich der schwere, rote Bühnavorhang mit der Goldverzierung am ondara Rand – ond mich triffd faschd dr Schlag.

A ronderkommas Zemmer mit zwoi vrdreckde Fenschdr mit Blick uff an troschdlosa Henderhof, an Küahlschrank, a Dischle ond zwoi Schdüahl em Zemmer ond vrratzde Dabeda hangad an der Wand ond a triaba Fonzel hangd von dr Decke ra, a Fenfazwanzg-Wadd-Birnle en ara Fassung, dui am a Drohd baumeld. Des isch ällas. Ih han denkd, ih ben em falscha Film.

Dr ganze Obend, also zwoiahalb Schdond, bis auf d Pause nadürlich, han e d Auga zua glassa, weil e des Elend uff dr Bühne mir et han ado wölla. Zwoiahalb Schdond hend a vrschlambds Weib ond so a Paradegockeler sengenderweise dia Schdüahl ond den Disch vom oina Eck en s andere gschoba, send druffghockd, druffgschdanda oder onda durchgschlubfd.

Ih ka s et vrschdanda, worom mr so a scheena, romantischa Oper mit so ama Bühnabild vrsaua muaß. Do wär s besser gwä, ih wär drhoim blieba ond hädds em Radio ghörd.

Ond en dr Pause muasch dr na von so agebliche Opernexperda ahöra, ob da willsch oder et, dia send hald au vor derra Theke gschdanda, wo da an vollkommena ond durch nex zu rechdferdigenda, überteuerda, schlechd aigschenkda Ällerweltssektorasch holsch, den da beim Rückzugsgefechd zu daine Leud au no halber vrschüddasch, weil so oghobelde Trambl rücksichdslos dain Weg kreuzad, ond von dene muasch dr na no ahöra, dass des genial sei, die Verbindung von klassischer Musik ond poschdmoderner Bühnageschdaldung mit dem aktuellen Bezug zum sozialen Missschdand en onserem Migrandaschdaad auf dem Hintergrund der psychosozialen Komponente Max Webers. Es sei höchschde Zeid worda, dass mr dia Opera entschdauba ond ehne an zeidgemäßa Rahma vrpassa däd. Endlich a Inszenierung mit Pfiff.

Ja, Pfeifadeckel, ih pfeif auf den Pfiff. Des isch genau so drneaba wia Mauldasdcha auf Hawaiianer Art en dem neua Schbezialitädareschdaurand bei ons em Flegga, wo uff dr Mauldasch a mit Käs überbackena Ananasscheib aus dr Dos liegd, dia de aguckd, wia wenn se saga wödd: Ih ka au nex drfür, dass se me do druffglegd hend.

Ih brauch des et. Ih sieh des Elend au, wenn e en de Schdädt en d Henterhöf gang. Aber heud Obend will ih ganz oifach a rondrom scheena Oper höra ond a schees Bild drzua seah, oder isch des so pervers?

Oi Guads hot der Obend ghed. Mir vier warad älle dr gleicha Moinung. Ih han me wieder gfanga ond nochdem mr noch am Theater no en d Waischdub Kötzle ganga send ond ih a Vierdale oder zwoi, drei ghed han, isch mr s wieder richdig guad ganga. Bis am andara Morga, wo e na gmerkd hand, dass des letzschde Vierdale schlechd gweasa sai muaß. Ih werd s am aber s nächschd Mol saga, vielleichd kriag e na a neis Vierdale omasonschd.

S Grillfeschd

»Jetzd guck doch amol, wia s do riachd.«

»Ih riach nex.«

»Jetzd riach doch!«

»Ih riach doch!«

»Riachsch et, wia s do riachd?«

»Noi.«

»Jetzd riach hald.«

»Ih riach doch, hörsch s et?«

»Ond?«

»Jetzd riach e s au.«

»Sag e s et?«

»Was riachd jetzd do so?«

»Do grillad se.«

»Wer?«

»Irgendoiner von de Nochbr.«

»Welcher?«

»Des woiß doch ih et.«

»Du woisch doch sonschd emmer ällas.«

»Ond du besser.«

»Was besser?«

»Emmer ällas besser.«

»Des sechsch ausgerechned du.«

»Komm, lassad mr s. Sollad mr et au amol äbbas grilla?«

»Ja.«

»Was?«

»An gfüllda Hond mit Lensa.«

»Isch des au a Antwort?«

»Ja, was willsch denn scho grilla? Würschdla? Hals? Steak? Du woisch doch selber, was mr so grillad, wenn mr grillad.«

»Scho, ih han aigendlich bloß wissa wölla, was du gern grilla dätsch.«

»Ih? Nex.«

»Grad sechsch doch ...«

»... Du willsch grilla.«

»Ja, aber ...«

»... Han ih vielleichd scho oimol an dain hailiga Grill nalanga derfa, es sei denn, s gohd om s Butza.«

»So isch s na au wieder et.«

»So isch s aber doch au no.«

»Also bidde, s nächschd Mol grillsch na hald du.«

»Ih will aber jetzd scho nemme.«

»Worom jetzd uff oimol?«

»Was hoißd do, jetzd uff oimol. Was hend ihr Manna doch s letzschd Mol beim Grillfeschd vom Kegelclub so großschburig gsagd? Grilla sei raine Männeragelegahaid. Des sei en dr Schdainzeid scho so gwä. D Männer häddad gjagd ond d Schbiaß nagrichdad ond s Feuer gmachd ond d Weiber häddad d Beer, Wurzla ond Pilz gsammeld. Ond deswega sollad d Weibr dr Salad macha ond s Grünzeug narichda, ond wenn s sai miaßd, au no en Godds Nama Foliakardoffla ond d Grilltomada herrichda, aber s Floisch, s Floisch sei euer Sach.«

»Des hend mir gsagd?«

»Woisch des au nemme?«

»Des ›au‹ häddsch dr schbara kenna. Aber wenn mir des gsagd hend, na wird s scho sai Richdigkaid ghed han. Was isch jetzd, grillad mr oder grillad mr et?«

»Von mir aus.«

»Soll e äbber drzua ailada?«

»No mai Gschäfd. Höchschdens s Mäusneschds ond s Hofales.«

Jetzd fend amol an Dag, wo s älle bassd. Ond na woisch jo et, wia s Weddr wird. Aber mr sodd s trotzdem bald wissa wegam vorberaida. Noch langem Hin ond Her hemmer na an Dag gfonda. Dr vorletschde Dag em Auguschd. A Samschdig.

Sonndig wär besser gwä. Do bleibad d Leud et so lang hocka ond trenkad au et soviel, weil se am nächschda Dag jo wieder ens Gschäfd miaßad. Ih ben na mit de entschbrechende Terminvorschläg bei älle dr Bach na.

Mr hot sich na a Woch vorher d Langzeidweddervorhersage aguckd. Sehr gemischd. Mr wissd et gnau, ob s heba däd. Südfrankreich ond Spanien sei koi Problem, aber Albershausa. S kennd heba oder au et. So gnau han e s garet wissa wölla.

Ha, ih fahr wega dem dubbaliga Grillfeschdle uff Spania na mit maim wackliga Grillgschdell em Handgepäck. So weid kommd s no.

»Des wird scho heba«, sechd optimistisch mai bessara Hälfde.

»Komm, mach koi so a skeptisch Gsichd na, s wird scho et reagna. Gang liaber en Keller na ond hol den Grill rauf ond guck, ob au ällas do isch, Holzkohle, Grillazender, Zang.«

»D Zang isch oba.«

»Wo?«

»Dui schdohd en der Küche.«

»Ih geb dr glei Zang. Bass bloß uff«, ond scho hot se mr an Schlabbr nochgschmissa ond beinah no d Flurlamb troffa. S war aber bloß em Schbaß. Mir send sonschd et emmer so. Bloß onser Hondle, der selig en saim Körble gschlofa hot, isch wia dr Blitz onders Sofa na, weil er so vrschrocka isch, der arm Kerle, wia na der Schlabbr uff saim Hondedeckale glandad isch.

Also, ih han na den Grill ruffghold ond uff d Terrass nausdo, wo e ehn vrsuachd han zammazbaua. S hädd au beinoh klabbd, wenn e älle Schrauba ond Doil gfonda hädd. Drei Fiaß han e gfonda. Vier warad s. Ih woiß gwieß. Die Bladde mit dene Löcher han e au nirgends meh gseah. Die muaß mr en so a Halderung naischrauba, damid von onda her d Lufd na ka ond d Asche durchhageld. Woiß dr Deifl, wo dia abblieba isch.

Aber ih woiß mr ja schließlich zom helfa. Ih han en dr Garasch vom a alda Besa no dr Schdiehl gfonda, den mr emmer mit dem obara Doil en an neue Besa naischrauba ka. Do isch doch so a Kunschdschdoffgwend dra, des überall bassd. S hot au am Grillgwend bassd. Ih han hald a bissle drucka miaßa. D Länge war koi Problem. Ih han ja a Eisesäg.

»Sag amol, was machsch denn aber au? Ih han denkd, den Grill muaß mr bloß no a bissle abschdauba? Ja, om Goddes willa! Ja, wia siehd denn der aus? Gibd des a moderna Blaschdig, wenn s ferdig isch?«

»Jetzd ward hald, ih ben doch no et ferdig. Jetzd schrei doch et vor de Schdroich.«

Ond na han e no des alde Hasagidder gnomma, han a Alufolie gnomma, a baar Mol zammagfaldad ond om des Hasagidder rombäschdeld als Vrschdärkung ond Aifassung. Ond na han e, weil e dia Schrauba vom Blech nemme gfonda han, oifach vier Nägel ghold. Zwoi drvo han e glei wieder weggschmissa, weil e ganz schnell gmerkd han, dass e bloß zwoi Schraubalöcher han.

Hädd e aber et do sodda, war a Fehler, weil dia Schraubalöcher für die Nägel z groß warad ond guad zwoi, drei Nägel en oi Schraubaloch naibassd häddad.

Aber ih ben ja et bleed. Worom schdohd do au a Sommerflieder neaba dr Terrass. Zwoi kloine Zweigla abbrocha ond scho bassd s. Ond s siehd au no schee aus, des frische Grün en dem schwarza Grillkaschda. Ih ben hald ain Äschdeed.

Und na han e des silbrig aigfassde Hasagidderle gnomma, mit dene zwoi Nägel feschdgschbannd ond den Grill uff saine Boiner gschdelld. Wackeld. Wackeld arg. Wackeld sogar saumäßig arg. Ih muaß me vorhin beim Absäga von dem Besaschdiel a bissle vrdo han. Kain Problem. Ka vorkomma. Drei Backschdoi dronder ond nex wackeld mai.

»Ja, des isch amol a schees japanisches Ikebanagschdeckle«, sechd bewundernd mai Frau, wia se so vor dem Grill schdohd.

»Ond des silbrige Rähmle zu dem Schwarz von dem Kaschda ond des frische Grün! Oifach toll! Ond wenn mr sich jetzd no a zardrosa Wurschd druff vorschdelld. Traumhafd. Ainfach traumhafd.«

»Vrarscha ka e me selber. Häddsch du s besser nakriagd?«

»Ih hädd an neua Grill kaufd. Mit dem Schroddhaufa kasch doch nex mai afanga.«

»Der funktionierd aiwandfrei. Ward s ab. Ih han ja no zwoi Schdond Zeid. Ih probier des vorher aus.«

»Ond außerdem hoschd de du doch oms Grillguad kümmara wölla. Des sei doch Männersach, hot s ghoißa.«

»Was? Au no? Aikaufa häddsch s wenigschdens könna.«

»Mir hend jo au et uff d Jagd mitganga derfa, mir Weiber, hot s ghoißa. Ih han maine Pilz gsammeld, ih muaß bloß no a Saladsoß macha.«

Ond weg war se. De mai.

Aikaufd isch ja glei. Aber zerschd probier e main Designergrill mit dem frischa Grün aus. D Kohla miaßad ja durchglüha, ond des dauerd hald a Weile. En dr Zwischazeid ka e ja na aikaufa ganga.

Ond na han e Holzkohle uff mai Hasagidderle beigd. Aiwandfrei. Ond na han e so a Flüssigazendhilfe gnomma ond han drmid dia Holzkohleschdückla getränkd. Du glaubsch nichd, was dia aufnemma kennad. Faschd a ganza Flasch han e brauchd. Dann han e des Ganze a bissle aiziaga lassa ond a Fläschle Bier drzua tronka. Dann han e dommerweis a klois Schdreichhölzle gnomma, ond et den groẞa Fidibus, weil e dia han schbara wölla. Gschbard han e na au. Ih han sogar koschdalos no a Brandbloder ond agsengde Hoor drzua kriagd. Ih han grocha wia d Weihnachdsgos von maira Muadr, dia se emmer vorher abgflammd hot, bevor se se en Bachofa naigschoba hot.

Aber, d Holzkohle hot brennd. S war de hellschd Fraid. Ih ben na no gschwend en d Wohnung nai ond han me a bissle omzoga. Ih han ja no aikaufa ond s Floisch ond d Wüschd holla miaßa. Ond so, wia ih noch der kreativa Grillbautätigkaid ausgseah han, hot mr mi et onder d Leud lassa kenna.

Ih fahr mr grad no durch d Hoor, duad s drussa uff dr Terrass ainen Allmachdsrombler. Ih naus wia der Blitz. Mai kunschdvoll mondierds Hasagidderle liegd samd dr Hälfde von de glühende Holzkohla, de rot glühende Nägel ond de brennende Äschdla vom Sommerflieder em Äschekaschda ond werdad zusätzlich von dr andara Hälfde von de glühende Holzkohla, dia vor am, henderm ond neabam Grill vor sich nazünglad, agwärmd.

Et schlemm, et schlemm. Schnell d Kudderschaufel ghold ond aigsammeld. Früher wär des ja koi Problem gwä. Heud scho. S isch jo ällas aus Blaschdig. Bloß guad, dass so a Kudderschaufel et so teuer isch.

Ih schdand grad mit de letschde zwoi züngelnde Holzkohlabreggl uff maira zammagschnurrda Kudderschaufel vor am Grill, brichd genau en dem Mommend mai kunschdvoll zammabäschdelda Grillkreatio vollends en sich zamma.

Durch des, dass des Hasagidderle nabrocha isch ond dia glühende Holzkohleschdückla em Äschekaschda gleaga send, isch des Eisedoil en des e den Besaschdiel mit dem Kunschdschdoffgwend naiklemmd han, hoiß worda. Da die Schmelztemperatur von Kunschdschdoff doch erheblich onder der vom Eisa liegd, isch des Gwend hoiß worda ond am Schdiel natropfd. A tropfends Gwend brengd et viel. Ond durch diesen bleeda Zufall hot d Schdadig von dem Grill nemme gschdemmd. Ih han grad no uff d Seite hopfa kenna.

Uff dr ganza Terrass send dia brennende Holzkohlebreggala romghurgeld. Ih sau en Garda na ond will dr Gardaschlauch holla. Isch der doch nichd an saim

Platz. Des wär ja au zerschd Mol gwä. Zom Suacha han e koi Zeid meh ghed, sonschd hädd e no womöglich s ganze Häusle abgfackeld. Uff dr ganza Terrass gloschdads. Gießkannaweis han e glöschd. Faschd a halba Schdond han e drzua brauchd. Durchgschwitzd war e bis auf d Haud. Kaum meh an Schnaufer han e kriagd ond halber he war e au.

Koi Floisch em Haus, koin Grill meh ond d Gäschd kommad en ara dreivierdel Schdond zom Grillfeschd.

Ih gang zerschd en s Bad ond schdand onder d Dusche. A Wasser laufd weg, wia bei ama Kameefeger früher noch am Feierobend. Ab am a beschdimmda Grad an Vrzweiflung werd e emmer ganz ruhig. Net amol dr markerschütternde Schroi von maira Frau, dia grad uff d Terrass hot wölla ond gucka, wo ih so lang bleib, hot me aus dr Ruah brochd.

»Ma! Ma! Wo bisch? Was isch bassierd?«

»Ih ben grad onder dr Dusche.«

»Dai Gmiad mechd e han! Woisch du aigendlich et, dass en a ra halba Schdond onsere Gäschd kommad?«

Nochdem e na wieder ausgehfähig war, ben e en äller Gmiadsruah en dr nächschde Baumarkd gfahra ond han an Elektrogrill kaufd, an sündhafd teura em Vrgleich zu maim ehemaliga Holzkohlagrill. S däd zwar et so guad schmecka, aber es sei oifacher mit dem ond gsender sei s au, hot dr Vrkäufer tröschdend zu mir gsagd, ond außerdem däd des zeitlich mit derra Holzkohle eh nemme nahaua, wenn en ara Vierdelschdond onsere Gäschd komma dädad.

Wia e ehn na grad en maim Kofferraum vrschdaud ghed han, hot s agfanga zom tröpfla.

Ih ben no schnell en d Metzg gfahra, han no des Grillguad kaufd. A ferdigs. Zom Ailega war s au z schbäd. Na ben e hoimgfahra. S hot gschüddad wia aus Kübl.

Dr neue Grill han e en Keller natraga ond s Floisch en d Küche. D Gäschd hend scho em Wohnzemmer dr Begrüßungssekd zua sich gnomma ond maira Frau isch dr Angschdschwoiß uff dr Schdirn gschdanda, weil se no et mitkriagd hot, dass e wieder do war.

Fröhlich unbeschwerd lächelnd ben e na drzuagschdoßa: »Also, ih han scho ällas nagrichdad ghed, aber bei dem Sauwedder kennad mr omeglich drussa grilla. Mir machad des oifach heud en dr Pfann ond hollad des Grillfeschd demnächschd uff dr Terrass hald noch.«

Älle warad aiverschdanda ond s hot au älle guad gschmeckd. Maira Frau isch a zentnerschwerer Schdoi vom Herza gfalla ond ih han über a Johr Zeid ghed, d Montagealaidong vom neua Grill zom schdudiera, weil s Wedder so schlechd worda isch, dass mr en dem Johr hot nemme an a Grillfeschd denka kenna.

Geburtsdagsgschenk

Dr neulich han e Geburtsdag ghed. S schelld an dr Hausdür.

»S isch offa! D Dür kennad r ruhig mit de Ellaboga uffmacha!« Mir hend do so an Freundeskreis ond maischdens brengd mr na zua de Geburtsdäg hald a Päckle mit.

»Brauchad mr heud et. Mir kennad d Händ drzua nemma. S Gschenkle bassd en d Kiddeldasch nai.« Ih han mir nichd vorschdella kenna, was des au für a Gschenkle hädd sai solla. So a Waiflasch en dr Dasch ziagd oim doch scho au gewaldig dr Kiddel na.

Noch am Gratuliera überraichd mr dr Lutz a Kuverd ond sechd: »Also, mir hend ons lang Gedanka gmachd, was mr dir schenka kenndad. Aigendlich hosch jo ällas. Von do her däd sich a Gschenkle jo aigendlich erübriga. S isch ons au an Haufa Bleedsenn aigfalla: A Sammeltass, wo dr Henkel noch enna gohd. Oder a Diädbschdeck, wo dr Löffel a Loch hot, s Messer bloß aus Griff beschdohd ond bei dr Gabel Zenka fehlad. Also lauder sinnvolle Gschenkr.

Aber, mir wöllad die doch an daim Ehradag et vrärgara, ganz em Gegadoil, mir wöllad ons dai Fraindschafd no bis en s hohe Alder nai erhalda, damid mr no lang mit dir feira ond die drbei au a bissle schädiga kennad.«

»Ond des soll ällas en des Kuverd naibassa?«

»Ja.«

»Ah, ih woiß, a Guadschai über an Hektoliter Trollinger.«

»Noi, nex zom trenka.«

»A Menü beim ..., beim ...«

»Noi, au nex zom essa. Ond an Guadschai für a Beautifarm wega daira Scheehaid isch s au et. Des wär grad nausgschmissas Geld.«

»Was kennd des bloß sai? Lang d Fraindschafd erhalda, aber nex zom essa oder zom trenka. Ja, was gibd s denn do no? Also mir fälld no a Fernreis ai oder a ...«

»Ja, mach hald des Kuverdle auf, no woisch s«, sechd mai Frau, dia scho gschbannd isch wia an Flitzboga.

Ganz langsam mach e des Kuverdle uff. Mr hädd a Schdecknodel falla höra. Ih guck drbei en dia erwartungsfrohe Gsichdr, neschdl omschdändlich am Kuverdle rom, ziag ganz langsam des Kärdle raus ond lies.

»Komm, lies laud vor, mir wöllad s au wissa. Mir wöllad ons au mitfraia.« Tonlos lies e den Texschd vor, nochdem e me en Sessel naiblotza han lau.

Herzlichen Glückwunsch zum Geburtstag,
lieber Bernd!

Ein äußerst sinnvolles Geschenk,
so eine Schnupperwoche bei uns im Studio.

Wohlfühlen! Gesund bleiben! Fit sein!

Das sind unsere Ziele und du kannst sie auch erreichen, bei uns, in unseren schönen Räumen an den neuesten Geräten. Geräte, wie sie auch im Fitness-Raum von Michael Schuhmacher stehen.

Wir freuen uns auf dein Kommen!!!

Das Team vom Studio Kreuzlahm

Dr Name vom Schdudio isch abgänderd. Ih derf jo koi Werbung macha. Schbiegeld aber mai Erwartungshaltung wieder. Ond per du ben e mit dene no lang et. Was glaubad dia aigendlich!

»Fraisch de aigendlich et?«

»Worom au?«

»Mir moinad s doch bloß guad.«

»Ihr miaßad ja au et na.«

»Ha, woisch, mir hend denkd, du nemmsch dai letzschda Feriawoch drzua ond na kommsch du so richdig fit wieder en s Gschäfd. Ond wahrschainlich gfälld dr s na so guad, dass da oifach weidermachsch. Ond daim Bäuchle däd s au et schada.«

»Bäuchle. En maim Alder trägd mr so äbbas. Wia däd denn des ausseaha, wenn ih als Schbargeltarzan durch da Flegga klebbara däd?«

»Ma, schdell de doch et so a. Du scheniersch de bloß wega daira Figur. Morga gangad mr en s Schbordgschäfd Berger ond hollad an bequema Trainingsazug ond a baar Turnschuah ond am Montag fangsch a.«

»Isch des Aiklaida beim Guadschai drbei?«

»Noi, noi!«

»Schad, sonschd hädd ih mir no a Wanderklufd agschaffd. Jetzd muaß e au no uff mai Geburtsdagsgschenk drufflega.«

Nochdem mr na no a baarmol uff main Geburtsdag agschdoßa hend, isch mr s wieder a bissle besser ganga. Noch am Nachdessa han e scho gar nemme an des Gschenkle denkd ond en dr Nachd han e na selig durchgschnarchd.

Am andara Morga ben e scho so om zehne rom gweckd worda.

»Am zwölfe machad d Läda zua. Heud isch Samschdag. Mir wöllad doch no Turnschuah ond an Trainingsazug kaufa.«

»Ih doch et.«

»Raus mit am Arsch an die Frühlingslufd«, hot se na gflödad, de mai, ond hot main Widerschdand gladd überhörd.

S Frühschdück isch mr quer nonder, weil mai liebe Frau Gemahlin ferdig grichdad em Flur auf- ond abdrebbeld isch vor lauter Ogeduld. An a gmiadlicha Zeitungslektüre war nichd zu denka. Na isch se durch d Wohnung gschdocha, hot guggd, ob au älle Fenschdr zua send, hot d Schdecker von sämtliche Elektrogeräde rauszoga, wia wenn mr für vier Wocha en Urlaub fahra dädad, ond isch nomal uff s Klo, weil mr ja et woiß, ob mr glei äbbas fendad.

Widerwillig han e me na hald au grichdad. Ih ben emmer widerwillig, wenn e äbbas zom Aziaga kaufa muaß.

»Mach koi so a Gsichd na, du muasch et zu ara Beerdigung, ond hol endlich s Auto aus dr Garasch. S isch fai scho dreivierdel elfe.«

»Ja, lohnd sich des na überhaupd no, dass mr gangad?«

»Ond ob! Am Mondag gohd dai Kurs los. Kasch mr vielleichd saga, wenn mr dai Sach sonschd holla sollad, wenn et jetzd?«

Ih han nex me gschwätzd, han s Auto aus dr Garasch ghold ond ben mit maira willensschdarka Frau noch Kircha gfahra.

Ain riesa Lada, ka ih Ehne saga. Mir isch ganz schwendlig worda. Völlig erschlaga ben e em Aigangsbereich gschdanda ond han grad wieder d Fluchd noch drussa adredda wölla, kommd a jonga Vrkäufere drher: »Sia send doch dr Herr Merkle! Ih ben amol zu Ihne en d Schual ganga. Domols han e no Renate Schelling ghoißa. Jetzd hoiß e Haas, ben aber gschieda ...«

»... Ih ben d Frau Merkle.«

»... Griaß Godd, ... ben gschieda ond han a ...«

»... Mai Ma brauchd an Trainingsazug ...«

»... ond han a zwoijähriga Tochdr ...«

»... ond Turnschuah brauchd r au ...«

»... Dui isch ja Godd sei Dank bei maine Leud ...«

»... Wo miaßad mr da na?«

»... dia kennad se doch au no, von de ...«

»... Gibd s dord au Schbordsocka?«

»... von de Elternobend ...«

»... Ma, komm! ...«

»... dia wohnad emmer no en ...«

»... Ma, komm jetzd endlich! ...«

»... en Haddahofa. Isch des Ihr Frau? Die han e ganz anders en Erinnerong ...«

»... Ma, do homma send se...«

»Ka mr helfa?«

»Noi, mir kommad scho z rechd.«

Ih han ja bis jetzd no koi Word gschwätzd ghed. Mai Frau hot me von maira ehemaliga Schülerin wegzoga, mit ainem Blick ka ih Ehne saga: »Mit wem warsch du scho amol do henna?«

»Ih war no nia do henna.«

»Wer war die andara?«

»Welche andere?«

»Ha dui, der ih anschainend gar et ähnlich seah.«

»Du wirsch doch et ...«

»Do dromma send d Trainingsazieg. Dui woiß aber au et, was sich ghörd. Für die war ih ja grad Lufd. Herr Merkle henda, Herr Merkle vorna. Wie wenn s mih gar et gäb.«

»Se hot jo au zu dir ›Griaß Godd‹ gsagd.«

»Jetzd nemm se no en Schutz, dai ..., dai ..., dai Renädle.«

»Des isch et mai Renädle!«

»Mr hädd s aber grad moina kenna.«

»Woisch was, ih gang hoim.«

»Nex do, Trainingsazug ond Turnschuah werdad kaufd. Belaidigd sai kasch nochher.«

Ond bis mir na endlich dr richdige gfonda hend, ih ka Ehne saga. Für den, der obarom bassd hädd, hädd e zwoi Meder fenf groß sai miaßa. Der, der en der Länge bassd hädd, en den ben e grad bis zom Oberschenkel naikomma. Ih woiß garet, was d Leud heud für Figura hend. Na han e oin gfonda, der bequem war ond der au ainigermaßa bassd hädd. Von dem hot na mai Frau gsagd, ih däd dren ausseaha wia a Schluck Wasser en dr Kurv. Ih woiß zwar et, wia des aussiehd, ben aber trotzdem wieder aus dem Geräd ausgschdiega, weil me blamiera ond bsonders auffalla han e na als Neuer em Schdudio au et wölla.

Na semmer zu dene Aziag mit ama Schdretschadail komma. Do wird doch aber au no oiner drbei sei, der bassd, han e denkd. Dr erschde war trotz am

Schdretsch z eng. Ih han dren ausgseah, wia so a warm gmachds, abbondanes Blenzle uff ara Schlachdbladd.

So hot me na mai Frau vorgschaffd bis zu de Sondergrößa. Ond mir isch älls s Wasser rondergloffa vor lauder Aprobiera. Mir war scho ällas egal. Mir war des au egal, dass mai Frau rain zufällig zwischadurch an a Freizeidkloidle nadabbd isch ond an a schbordlichs Blüsle ond a Pärle leichde Sommerschüahla, dia absolut drzua bassa dädad, wia se gmoind hot. Mir war egal, dass mr s Hemmad halber aus dr Hos rausghangd isch, dass d Hosafall offa war, dass d Hoor vrschdrubeld warad, dass e en de Schuah bloß halber dren war. Es war mir mit dr Zeid oifach z bleed, mich jedes Mol wieder kombledd neu azomziaga, wenn e aus derra Kabine rauskomma ben ond wieder an erfolglosa Vrsuach hender mir ghed han.

»So kasch doch et middla en Lada naischdanda. Was sollad do au d Leud von ons denka!«

»Des isch mir so was von scheißegal, des kasch du dir garet vorschdella.«

»Na bleib wenigschdens en daira Kabine. Ih breng dr na d Aziag.«

Mai Frau hot na letschdendlich doch oin gfonda. An ganz schlichda, em a vornehma Diplomadagrau, an dr Seite en schwarza Schdroifa ond vorna uff dr Trainingsjack ein Emblem, des mich als »Masters Friend« ausgezeichned hot. Se miaß hald no an andara Gommi naimacha, aber des sei koi Problem.

An de Fiaß hend sich d Leud anschainend et so arg vränderd. Turnschuah han e schnell ghed. Se hend zwar nex me mit dene Turnschuah zom do ghed, dia e z letzschd Mol vor dreißg Johr kaufd han. Des warad jo aigendlich au koine Turnschuah meh, des warad so Geräd wia aus ama Saiensfiktschenfilm, so vom a andara Schdern, aber se warad wenigschdens bequem ond hend henda et gschlabbd. Gloffa bisch dren, wia wenn de über a Wasserbedd dabba dätsch. Aber des sei heud so. Mr miaßd sich hald a bissle dra gwöhna, na däd mr se nemme missa wölla, hot s ghoißa.

Noch am Zahla, frog et, was des ganze Zuigs koschd hot, hemmer na zom Henderaigang naus miaßa, weil vorna scho seit ara dreivierdel Schdond zua war. Au des war mir jetzd vollkomma egal, so ferdig war ih. Drhoim han e zerschd amol a Woiza tronka. S kenndad au zwoi gweasa sai. S isch grad egal. Se hot jo au no koin neua Gommi aizoga ghed.

Ond na isch mir doch no äbbas für oin von maine Fraind aigfalla. A Geburtsdagsgschenk.

Oiner von dene isch zemlich wasserscheu, ka et rechd schwemma ond war als klois Kend z letschd Mol mit saine Eltern em Freibad ond des war vor ogfähr fuffzg Johr.

Dem schenk e a Johreskard fürs Freibad. Was glaubsch, wia der sich freua wird, wenn der von mir so äbbas Gsonds kriagd!

Em Schbordschdudio

Aigendlich han ih mir main erschda Feriadag scho au ganz anders vorgschdelld. Gmiadlich an da Disch nahocka, so om naine rom, frühschdügga, Zeidong leasa bis am halb elfe. Naus en Garda, über dr Zau loina, mit am Nochbr baadscha ond warda, bis hoißd: »S Middagessa isch ferdig!«

Nex war s, aber scho au gar nex.

»Ih möchd jo et drängla, aber du muasch heud Morga no en s Schbordschdudio.«

»Ih? Miaßa? Ih muaß gar nex. Ih muaß Feria macha.«

»Ond dai Guadschai, widd den vrfalla lau? Dai Geburtsdagsgschenk von daine Fraind, dia s ja bloß guad mit dr moinad.«

»Des send mr vielleichd scheene Fraind, dia oim d wohlvrdiende Feria vrsauad.«

»Ond dai neus Sach, des an Haufa Geld koschd hot, des vrkommd na vielleichd em Schrank oder was?«

»Ih han koi Schborddasch.«

»Mensch, du hosch rechd. Des hend mr doch gladd am Samschdig vrgessa.«

»Äba.«

»Des isch et so schlemm, ih richd dr ällas en d Aikaufsdasch nai.«

»Ih gang mit dr Aikaufsdasch en s Schbordschdudio. Ih glaub, ih schbenn. Ih mach me doch et glei am erschda Dag zom Gschbödd vom ganza Schbordschdudio. Ih sieh de andere scho grinsa: Guck amol, der hot sich vrloffa. Sia, wenn se fai dr Aldi suachad, der isch wo ganz anders. Mit am Aikaufskörble en s Schbordschdudio ...«

»Du bisch au eidler wia schee.«

»Des hot mit eidel nex zom do, aber du gohsch doch au et mit am Aikaufskorb en s Theater.«

»Des isch äbbas ganz anders.«

»Des isch überhaupd nex anders. Des wär genauso bleed.«

»Na nemmsch hald am Jonga sai Schborddasch.«

»Isch des dui Dasch mit dene viele Uffbäbber druff?«

»Ja ond? S send hald jonge Leud. Ih mechd et wissa, was du an a achdasechzg für Schbrüch losglassa hosch.«

»Ih han an a achdasechzg gar koine Schbrüch losglassa. Ih han gar koi Chance drzua ghed.«

»Koi Chance ghed, ih möchd bloß wissa worom, du Oschuldslamm.«

»An a achdasechzg han ih die gfrogd, ob du mih vielleichd eventuell heirada dädsch. Ond scho war e weg von dr Schdroß.«

»Ond du nemmsch jetzd am Jonga sai Schborddasch. Baschda!«

Na ben e hald mit maim Jonga saira vrbäbbda Dasch en s Schbordschdudio gfahra. Des Schbordschdudio liegd em a zauberhafda, idyllischa Induschdriegebied, wo s rauchd, schdenkd, laud isch ond Papierla ond was woiß ih no en de Schdroßakandla romfahrad. Es isch em a ehemaliga rondergwirdschafdada Supermarkd onderbrochd. Ussa hend se a paar Kübl Farb an d Wand gschmissa. Jetzd siehd des Gebäude nemme gar so vrkomma aus. Überm Aigang hangd a Plakad »Sportstudio Kreuzlahm« oder so ähnlich, ih derf jo koi Werbung macha, wia gsagd, lila uff rosarotem Ondergrund em a grüna Rahma. Wenn jetzd no so a baar blinkende rode Herza em Fenschdr ghangd wärad, na häddsch drvo ausganga könna, s wär a Biffle. War s aber et, des hosch glei gmerkd, wenn da d Dür uffgmachd hosch.

Hells Lichd ond lauda Popmusik, ab ond zua hot s klebbarad, schleifende Geräusche hot mr ghörd ond elektronische Piepser han e au wahrgnomma, ond wenn mr so durch die Milchglasdür durchguggd hot, hot mr lauter Omriss von Mascheena gseah, wia wenn mr en a Fabrikhall komma däd.

Ih han ganz vorsichdig d Dür uffgmachd ond ben nai. S Erschde, was e gseah han, war a Tresa von ara Bar hender derra a Espressomaschee pfuzgad hot. A Glasregal mit an Haufa Gläser, en oira Roih an Deifl voll Safdsorda en Behälder mit ara Zapfvorrichdung henda an dr Wand. Uff am Tresa selber a Werbemischung von Fitness- ond Schokoriegel, noch dene mr s grad gwä wär. Ih han me aber no beherrschd.

»Grüß Godd, ih ben d Kerschdin. Bisch du nei?«

A jongs Mädle, s hädd grad mai Dochdr sai kenna, schdohd henderm Tresa ond lässd den pfuzgenda Espresso en des Tässle naitriala, des onder dem Hähnale von derra Maschee schdohd.

»Mir sagad do henna em Schdudio älle du zuanander. Des machd dr doch nex aus oder hosch du a Problem drmid?«

Des hot se so liab ond treuherzig gsagd, do han e schier nemme noi saga kenna, obwohl e me gegenüber wildfremde Leud do drmid scho a bissle schwer dua.

»Merkle, a, a, a ... Entschuldigung, Bernd. Ih han do so von a baar Bachl, a, a, a ... Fraind a Schnubberwoch bei euch geschenkd kriagd.«

»Ach, du bisch gar et freiwillig komma. Des machd nex. Dir wird s scho no gfalla noch derra Woch. S send ja aigendlich bloß fenf Dag. Mr sechd hald Woch drzua, des machd me her. Des isch bloß, bis mr sich a bissle dro gwöhnd hot ond a bissle Beschaid woiß. Am Afang isch jeder a bissle osicher. Mir isch des domols genau so ganga.«

Tröschdlich.

»Gibsch mr amol dain Guadschai, ih füll na des Ameldeformular aus, solang de omziagsch. Do gohsch den Gang hendare, d zwoida Dür lenks.«

Ih dabb mit maira vrbäbbda Schborddasch von maim Jonga los, mach de zwoid Dür lenks uff ond sieh uff oin Schlag nex meh. D Brillagläser beschlagad, ih hör Duscha laufa, Dampfschwada hüllad me ai ond irgend so ein fremder, nackedr Hooraff schlurfd mit saine Badeschläbber, d Hoor rubbelnd an mir vorbei ond sechd: »Mach au d Dür wieder zua, do hanna ziagd s wia Hechdsubb oder hosch du drhoim bloß Vorhäng dro?«

Ih han me na an dene Schbend entlangtaschdad, bis e an offana gfonda han. Na han e vorsichdig maine Kloider ra do ond emmer drbei guggd, ob au oiner guggd. Aber koi Sau hot sich für main Aschdrahlleib interessierd. Dia send älle nackad romgschlurfd, hend sich vor am a groß a Schbiegel kämmd ond gfönd, oschenierd, wia wenn s mih gar et gebba däd. Ab ond zua a »hai« oder a »servus« gsagd, sonschd nex.

Na ben e hald au a bissle lockerer worda, han me au vor den Schbiegel nogschdelld, ben aber glei wieder weg, weil des jo et hot sai kenna, dass des ih war, den e do em Schbiegel gseah han, den mit dem fedda Ranza. Om dr Hemmels willa, han e denkd, ben schnell en main neua Trainingsazug naigfahra ond war grad froh, dass e den a bissle reichlich kaufd han, so dass mr s et glei gseah hot, was e do für a Kugel durch d Gegend schiab. Des T-Shirt dronder war a bissle eng, aber des hot mr jo et gseah, weil e glei dr Reißvrschluss nuffzoga han, damid des Elend vrschwendad.

Noch am Omziaga ben e wieder an d Bar zur Kerschdin. Do hot mr s wesendlich besser gfalla als en derra Dampfbude mit dene nackade Mannsbilder.

»Hoi, hosch an neua Trainingsazug kriagd? Schee. Schlichd. Schdohd dr aber guad«, hot d Kerschdin gflödad.

»An was siehd mr des, dass der neu isch? Der kennd doch au bloß frisch gwäscha sai.«

»Na wär des Preisschildle au vrwäscha.«

»Was für a Preisschildle?«

»Des dr henda aus am Kraga rausbaumeld.«

Ih ben mr vorkomma wia dr letzschde Debb vom Land, den mr aus Vrseaha amol en d Schdadt hot ganga lassa. An schlichda Trainingsazug. Wahrschainlich bassend zom Gmiad, hot se wohl gmoind. Ih han mr grad scho überlegd, ob e wieder en d Omklaidekabine ond na wieder hoim gang. Ih war scho faschd belaidigd, sechd se ganz liab ond tröschdend wia a Muadr zu ihram schwachsenniga Soh: »Jetzd komm amol her zu mir. Ih han a Scherle. Ih schneid dr s weg. Des hemmer glei.«

Ih han no fraga wölla: Was?, aber dofür war se no z jong, han e denkd. Na isch se henderm Tresa vorkomma ond na han e erschd des Figürle en ihram hautenga Dress gseah. Main liaber Scholli, mendaschdens drei häddsch do aus mir drvo macha kenna. Ja, guad, en dem Alder. Früher, ja früher, ha, do war ih au no rank ond schlank. Do siehsch amol, wia s Leaba oin vrformd, wenn da et jeden Dag uff de uffbaschd. Ih han jo koi Zeid ghed zom uffbassa. Ih han jo emmer so viel zom do ghed.

»Heinz! Haheinz!! Herr Schmid!!!«

»Ja, was isch los?«

»Do isch a Neier, dr Bernd! Dr Heinz isch dr Scheff, der zoigd dr jetzd den Lada.«

Ond na isch dr Heinz komma. A nedder Kerle, durchtrainierd, aber et irgendwie ufffällig oder so. Noi, ganz normal.

»Hallo Bernd, komm mit, ih zoig dr jetzd amol ällas, damid du an erschda Aidruck kriagsch.«

Ih ben na henderm draidabbd wia so a folgsams Hondle. Mir send na zerschd en den sogenannda Aufwärmbereich. Dord send sechs »Evolution Pro«-Geräd gschdanda. Des isch a Fahrradgschdell ohne Räder. Vorna, anschdadd ama Rad, so a Ard Ventilador em a Gidderkäfig, an Saddel ond zwoi Schdanga, dia sich beim Trebbla abwechselnd noch vorna ond nach henda bewegad.

»Hock de amol nuff, des gohd ganz leichd.«

Ond ih ben druffghockd, han a bissle drebbeld ond scho hot me so a Schdang am Ellaboga gschdroifd, dass me s schier wieder nondergschlaga hot.

»Du muasch mit boide Händ dia Schdanga halda ond dia Armbewegunga mitmacha, wia beim Schbazieraganga, schlenkara.«

Hädd r des et au glei saga kenna. Aber na isch s ganga.

»Ih muaß gschwend an s Telefo. Ih komm glei wieder. Mach drweilsch weider. Siebaahalb Minuda langad zom aufwärma.«

Zerschd hot des richdig Schbass gmachd. Ih han drebbeld ond mir isch warm worda. Ond schnaufa han e miaßa, wia so a alda Kuah. Noch zwoi Minuda war ih soichnass. A jonger Ma isch komma.

»Hai.«

Hot sich uffs andere Rad gsetzd ond hot losglegd, dass des Ventiladorle älls pfiffa hot. Ond der hot et gschwitzd, obwohl der dobbeld so schnell drebbeld hot wia ih. Ih han dr Reißvrschluss uffgmachd. Ih han am Sekondazoiger von dr Uhr an dr Wand nochguggd. Du glaubschd es nichd, wia lang a Minud isch, wenn da leidaschd. Wo bleibd bloß dr Heinz? Vier Minuda no. Der neaba mir drebbeld emmer no, wia wenn nex wär. Der neaba mir schwitzd emmer no et. Dreiahalb Minuda no. Mensch Heinz, wo bleibsch? Heinz schdohd henderm Tresa ond telefonierd, trenkd neabaher an Safd, guckd zu mir rom, schdreckd dr Dauma en d Höh ond nickd. Also, weidermacha. Ih geb mir koi Blöße ond drebbl, dass mr s schier s Birnle naushaud. Drei Minuda. Dr Heinz legd dr Telefonhörer na. Godd sei Dank han e denkd. Er kommd, han e denkd. Dr Heinz bleibd aber an de Champion–Circuit–Geräde schdanda, begrüßd a paar Leud ond schwätzd mit dene. Ih drebbel weider. Ih leide weider.

Zwoi Minuda. Dr Heinz kommd langsam auf mih zua. S Telefo schelld. Heinz gohd hender dr Tresa. Anderdhalb Minuda. Dr Heinz telefonierd. Ih drebbl. Omkehrd wär mr s lieaber. Der neaba mir schwitzd emmer no et. Ih kennd aigendlich mai Trainingsjack ausziaha, aber des enge T-Shirt dronder. Ond wo da naguggsch, hangad Schbiegel an dr Wand. Mr siehd jedas überflüssige Gramm. Ih woiß scho gar nemme, wo e nagugga soll. D Trainingsjack bleibd a. Liaber schwitz e.

»Gell, do wird s oim warm. Worom duasch aigendlich dai Trainingsjack et ra? Du hosch ja scho a ganz rods Käpsale.«

Dr Heinz war wieder do. Ih han an garet gmerkd ghed, so war ih mit maine Äschdedigprobleme beschäfdigd.

»Ih han s ganz vrgessa vor lauder Drebbla ond Konzentriera«, han en agloga.

»Du muasch lockerer werda, et so vrkrampfa. Jetzd komm ra, ih zoig dr dr Redschd voll.«

Ih schdeig ab wia bei ama Herrarad, aus Gewohnhaid, ond bleib an dem hoha Saddel mit am Fuaß hanga, ond wenn me dr Heinz et uffgfanga hädd, na hädd s me sauber uff d Weld naighaua.

»Hoppala, des isch koi Herrarad«, sechd r. Hädd r sich aber schbara kenna. Han e selber gmerkd.

Ond na semmer en den Raum, wo dia ganze andere Geräd gschdanda send. De rainschd Folderkammer han e so em erschda Momend denkd. Mir isch hemmelangschd worda. Wenn e dia Geräd älle durchmacha muaß, na ben e für s nächschde halbe Johr vrsorgd. Wia wenn r Gedanka leasa kennd, dr Heinz: »Brauchsch koi Angschd han. Mir suachad jetzd bloß dia Geräd raus, dia für des guad send, was du aigendlich erraicha willsch. Was willsch aigendlich?«

»Aigendlich will ih gar nex. Ih han a Schnubberwoch gschenkd kriagd.«

»Ach so. Hosch s em Kreuz?«

»No net.«

»Hosch sonschd irgendwelche Beschwerda? Duad dr irgendwo äbbas weh?«

»Au no et.«

»Wie siehd s mit dr Konditio aus?«

»Guad. Benoggla kennd e schdondalang.«

»Ih moin schbordlich.«

»Vor vierzg Johr han e Handball gschbield.«

»Also, koi Konditio meh.«

»Zom Schaffa langd s.«

»Was schaffsch?«

»Ih ben Lehrer.«

»Ih han gfrogd, was du schaffa dädsch.«

»Komm, komm ...«

»War Schbass.«

»Emmer uff d Lehrer nai. Häddsch äbbas Gscheids glernd, Bachl.«

»Also, bass uff, mir guggad jetzd noch Geräd für Ausdauer, Schdärkung von de Rückamuskla ond

Beinmuskla ond gega des do«, ond hot drbei uff main Schnitzelfriedhof didda.

»Der isch doch echd, oder?«

»Was glaubschd du. War ja au deuer gnuag.«

»Also, wenn de uffgwärmd hosch, denk dra, siebaahalb Minuda, na machsch zerschd amol a Bauchmuskeltraining.«

Na send mr vor ara Liege gschdanda. Des war mr et osympathisch. Do dro isch so a Ard Wippe nagmachd gwä. Mr muaß sich also uff dr Rücka lega ond mit de Ärm d Wippe noch vorna drucka ond domit drucksch na automatisch dain Oberkörper noch oba.

Des isch leichder gsagd als do. Für a Normalfigur isch des koi Problem, aber druck amol dain Oberkörper vom Liega aus noch oba ond s isch a Bauch drzwischa, main liaber Scholli, na hosch a Problem. Henda an dr Wippe kasch no a Gwichd nahenga, wenn da willsch, damid de no meh aschdrenga muasch ond d Bauchmuskla schdärker en Aschbruch gnomma werdad.

Dr Heinz hot des wölla. A Tonn hat der noghengd. S warad jo aigendlich fenf Kilo, aber agfühld hot sich s wia a Tonn.

»Die Bewegung machsch na pro Durchgang vierzg Mol, muasch aber et glei am Afang vrzwenga. Gwöhn de langsam dra.«

Ih han s na drei Mol gmachd ond na han e so was von gnuag ghed. Dr Ranza hot mr wai do, wia wenn oiner mit boide Fiaß aus fenf Meter Höhe druffghopfd wär.

Na semmer zur nächschda Bank. Die war höher. A Bank siehd ja normalerweise harmlos aus. Aber jetzd han e scho Reschbekd ghed noch dene Erfahrunga von dr erschda.

Ih han na druffliega miaßa. Desmol uff dr Bauch. D Hacka han e henda onder so bolschderde Rolla gschoba ond dr Oberkörper han e so weid noch vorna do miaßa, dass er vorna em rechda Wenkel zu de Oberschenkel über s Gschdell naghangd isch. Ond des hot vielleichd zoga.

»So, ond jetzd dr Oberkörper langsam aheba ond zwar so weid da nuff kommsch.«

Ja, wenn e bloß dr Oberkörper hädd heba miaßa, na wär s ja no ganga, aber do kommd ja no mai Bauch drzua. Des war s Problem. Des bissle Oberkörper hädd e leichd gschaffd.

»Guck nom an die farbiga Wassersäule. Do isch koi Limo drenn. Dui wechseld emmer noch ara beschdimmda Zeid d Farb. Rot bedeudad Trainingsphase, blau Ruhephase. Zwölf Mol en dr Trainingsphase soddsch nakriaga. Aber au et heud. Langsam schdeigara.«

Drei Mol han e Oberkörper mit Ranza auf halbe Höhe brochd. Na ben e uff a Ard von derra Bank ronderkrebseld, wia s sonschd au no koiner vor mir gmachd hot.

Nochdem ih et höher nuff komma ben als bis uff d halba Höhe, han e gmerkd, dass maine Ärm z kurz send. An derra Bank warad uff dr Seite zwoi Handgriff abrochd, an dene mr sich hot vollends hochziaga kenna. Do aber d Schwerkraft noch onda ziahgd ond ih die Handgriff et erreichd han, isch mr nix anders übrig blieba als dr Schwerkraft nochzomgebba ond dr Abgang noch vorna zu probiera. Des isch so lang guad ganga, so lang ih no den Fuaßkontakd zum Geräd ghed han, des hoißd, so lang e no mit de Hacka onder dene Rolla war.

Des war im wahrschden Sinne des Wortes am a beschdimmda Punkd schlagardig vorbei. Mih hot s virsche vom Geräd nabutzd, i han a Rolle vorwärts gmachd ond ben na mit am Kreuz zemlich hard uff dem Schdänder von dem Geräd uffkomma.

Sauberle, han e denkd ond dui neaba mir am Geräd hot ganz bewussd wegguggd, obwohl se scho ganz genau mitkriagd hot, wie bleed ih mih agschdelld han.

»Isch dir so äbbas no nia bassierd?«, han e se agfahra ond na hot se romguggd ond mit de Schuldara zuckd ond na han e erschd gmerkd, dass se an so an CD-Player agschlossa war ond so do hot, wia wenn se me et vrschdanda däd.

Dr Heinz, der en dr Zwischazeid wieder amol hot telefoniera miaßa, isch grad drzua komma, wo e me uffgrabbeld han.

»Was machsch denn du do onda?«

»Ih han noch am Preisschildle vom Geräd guggd.«

»Willsch dr au so a Bank für drhoim aschaffa? Dui isch fai et zom sonnabada gmachd.«

»Na lass e s hald.«

»So, ond jetzd zoig ih dir no den Champion-Circuit, bevor da na am Schluss no zwanzg Minuda auf des Spinning-Geräd hocksch. Ih däd saga, des langd na für s erschde.«

Aigendlich hot mir s jetzd scho glangd, aber ih han mr jo nex nochsaga lassa wölla ond wer woiß, wenn me nochher oiner frogd oder a Bekannder raikommd ond merkd, dass ih koi Ahnong von nex hädd, Mensch, wär mr des peinlich.

Mir send na zom Champion-Circuit. Elf Geräd send em Kreis gschdanda, ois furchderregender ond komplizierder als s andere. So hot s wenigschdens ausgseah. Letzschdendlich isch s na aber leichder ganga, als e denkd han.

Agfanga hot s mit am Abdominal Crunch, na war no dr Lower Back, dr Upper Back, dr Pulldown, Chest Press, d Pectoral Machine, Shoulder Press, Leg Extension, Leg Curl ond dr Abductor. Dr Rotary Torso hot au drzuaghörd, hot aber nemme en Kreis naibassd, sondern isch an derra uffdringlicha Schbiegelwand gschdanda.

Wahrschainlich kennad r euch onder dene Geräd genauso wenig vorschdella, wia ih des am Afang kenna han, s isch au so was von egal, ih will drmit sowieso bloß bei dene Leud agebba, dia emmer so gschwolla drherschwätzad ond bei dene glei noch de erschde Sätz merksch, dass nex drhender isch. Vor dene kasch na mit so äbbas protza, wenn da widd, ohne dass dia merkad, dass mr se vrarschd. Mr ka s aber au bleiba lassa.

Jetzd, bei euch isch des ja et dr Fall. Also, uff jeden Fall send dia Geräd zom Drucka, Schiaba, Schdoßa, Schbreiza, Ziaga, Heba ond Pressa, also für jeden Muskel, der dr weh do kennd, oi Geräd. Ond du glaubschd es vorher nichd, wo s überall weh do ka ond wo du Muskla ond Sehna hosch.

Mr ka dia Geräd gwichdmäßig aischdella. Ih han se uff de onderschd Schduf gschdelld. Ih han na noch dem Durchgang trotzdem nemme gwissd, ob e a Weible oder a Mole ben.

D Ärm hot s mrs schiergar rausgrissa. S Gnick hot s mr zammadruckd. D Bruschd hot s mr aipressd ond d Fiaß ausananinder grissa wia dem oina Muselma der dem wackra Schwoba em Morgaland begegnad isch ond des ällas soll gsond sai ond des ällas hend mir maine Fraind gschenkd. Wenn e dia vrwisch.

Zom Schluss ben e na uff dem Spinner ghockd ond han Godd ergeba vor mih na drebbeld. Jetzd war s scho au grad egal. Ond der Saddel war so was von hart. Wenn e uff ama Scheidle Holz ghockd wär, wär des au et anders gwä.

Noch zwanzg Minuda kommd Kerschdin rai ond sechd so fröhlich ond guad glaund, dass scho faschd weh duad: »Ferdig für heud. Gell, des isch schnell romganga. Na? Hot s Schbaß gmachd?«

Ih hädd ehra gladd oina butza kenna, so ferdig war ih. Ond ihr Figürle en ihram hautenga Lycra-Outfit war mr jetzd scho au grad egal. Ih han nex meh höra ond seah, ih han bloß no hoim uff mai Sofäle wölla ond zu maim Fraule, des me hoffentlich a bissle bedauerd ond mit ama scheena Veschberele ond am a Gläsle Troschdwai vrwöhnd.

Noch am Duscha isch mr s a bissle besser ganga. Ih ben no em Kaffee »Scheißfraindlich« vorbeigfahra ond han no zwoi siaße Schdückla zom Nochmiddagskaffee ghold, als Belohnung sozusaga. Aigendlich hoißd des Kaffee jo anders, aber mir sagad hald so, weil d Besitzere, dia dia Kuacha emmer vrkaufd, so fraindlich ond zuckersiaß isch, dass scho faschd Fäda ziagd. Aber guade Kuacha machad se ond heud hot hald a Belohnung sai miaßa.

»Guad siehsch aus, so richdig gsond ond frisch. Wia isch dr s ganga?«, so empfängd me mai Frau an dr Dür.

»Klasse.«

»Du warsch doch? Oder hosch du bloß an Kuacha ghold?«

»Freile, war e, siehsch doch. Ih han doch no ganz nasse Hoor.«

»Ih han scho an Kaffee gmachd. Komm vrzähl.«

Tja, ond no han e hald vrzähld, wia s gwä isch, wia guad des do hot, wia oifach des war ond wia toll ih dia oinzelne Übunga absolvierd han ond wie fit ih mih fühla däd. Ond na han e dr ganze Middag uff am Sofa gschlofa, bis am sechse mai Frau komma isch ond mih gweckd hot.

»Nachdessa isch ferdig.«

Aigendlich han e ja denkd, dass oin dr Bsuach von einem Schbordschdudio beweglich ond glenkig machd. Aber ih ben vom Sofa ra, wia wenn e en jedam Glenk, des e zom Uffschdanda brauchd han, Arthrose hädd.

Ih han me vom Sofa zom Essdisch ond aschließend vom Essdisch zom Fernsehsessel gschlebbd.

»Du kommsch drher wia a alder Ma.«

»Genau so fühl ih mih au.«

»Ih han denkd, des Schbordschdudio däd guad ond du dädsch de so richdig fit fühla, wia da vorher agebba hosch.«

»Wenn e scho äbbas von dene Schbädfolga gwissd hädd, na hädd e mai Gosch ghalda.«

Noch dr Tagesschau ben e am vierdel naine ens Neschd.

Guad gschlofa han e ja, aber frog et, wia lang e brauchd han am andara Morga, om aus am Neschd zom komma. An Muskelkater han e ghed, aber scho au om dr ganze Ranza rom.

Em Badezemmer han e na beim Zähbutza dr Kopf gschüddeld, damid e et mit de Ärm de entschbrechend Bewegung han macha miaßa, so wai hend mr dia do. Vorsichdig han e me an s Frühschdück naghockd. Ond na han e erleichderd feschdgschdelld, dass d Kaumuskla nichd en Leidaschafd zoga worda send. Ih han na schee ausgiebig gfrühschdückd.

»S isch fai scho zehne.«

»Ih woiß.«

»Du hosch d Ruhe weg. Schbordschdudio! Vrgessa?«

»Noi, aber des langd s no.«

»Äba et, om halb ois wird schbädeschdens gessa. Dai Sach han e scho nagrichd. S schdohd em Flur. Komm jetzd, mach! D Zeidong kasch schbäder leasa.«

Ih schdütz me an dr Tischkande ab ond komm ganz langsam aus dr Hockschdellung noch oba. Ih schätz me uff hondertfuffzg Johr. Mai Frau et. Dui sechd s. Ganz langsam ond vorsichdig komm e en d Gäng. Bis en Flur ond an d Hausdür gohd s scho wieder ganz guad. An de Trebba merk e na, dass e geschdern et bloß henderm Schreibdisch ghockd ben. Nochdem e d Audodür uffgmachd ghed han, han e zerschd amol dr Fahrersitz ganz noch henda gschdelld ond na han e me seidwärds zom Audo ganz vorsichdig nagsetzd ond na langsam en Richdung Lenkrad romdrehd. Guad isch ganga. Na also. Dr Gurd han e aber glassa, wo er ghangd isch. Des han e maine Ärme no et zuamuada wölla.

Vor am Schdudio s gleiche Prozedere, bloß omgherd. An dr Dür han e me na hochzoga. Ih ben na zwoi Mol om s Audo romgloffa, damid e wieder en d Gäng komm. S isch na so ainigermaßa ganga. Langsam ond vorsichdig oire zom Schbordschdudio nom.

Sei amol fröhlich ond lächle, wenn dr ällas weh duad.

»Hallo, Bernd! Wia gohd dr s?«, begrüßd mih mit ama fröhlich unbekümmerda Lächla d Kerschdin.

Wia ka mr au scho am früha Morga so guad druff sai? S isch doch erschd halb elfe. Normalerweis isch om dui Zeid für mih a jede Aschbroch a Belaidigung.

»Guada Morga, Kerschdin«, lächle durch d zammabissane Zäh zrück.

»Gohd dr s et so guad?«, frogd se besorgd.

»Doch, doch, glänzend«, liag e se a, dabb aber drbei weider, damid e se et agugga muaß, weil e so schlechd liaga ka.

»Kommsch aber komisch drher. Duad dr äbbas weh?«

»Mih druckad bloß dia neue Turnschuah a bissle.«

»Du hosch doch no gar koine a.«

Ih Granadabachel.

»Von geschdern no. Ih han do so a bleeda Druckschdell an dr Seide.«

Godd sei Dank isch mr des no aigfalla.

»Des gibd sich mit dene neue Schuah, des isch et so schlemm. Dehn se hald mit am Schuahschbanner über d Nachd a bissle aus.«

»Des isch a guade Idee. Danke«, han e gsagd ond denkd han e: Lass mr doch bloß mai saubara Ruah. Ih ka oifach am hellichda Morga no koi so a fröhlicha

Aschbroch braucha. Ond erschd rechd et bei sodde Schmerza en de Fiaß, en de Ärm, en de Schenkel, en … a wa, wia gsagd, om dr ganze Ranza rom.

Nochdem e me omzoga han, erschdeig ih mühsam des erschde Geräd von geschdern, des zom Uffwärma. Des mit dem Ventiladorle en dem Gidderkäfig vorna dra. Evolution Pro.

»Duad s Fiedle wai? Des isch mir am Afang au so ganga.«

Mai Nochbr, den e erschd jetzd bewussd wahrnemm, so war ih mit dem schmerzhafda Aufschdieg aufs Geräd beschäftigd, hockd uff am gleicha Geräd, hot d Ärm über ainem Allmachdskessel, der uff saine Knui uffglega isch, vrschränkd ond guggd me mitleidig a. Trebbeld hot r bloß ganz langsam. Dem Ventilador vorna dra häddsch faschd no zuafächla miaßa, dass r sich drehd.

»Des isch aber dröschdlich«, han e gsagd.

»Dua doch dai Handduach uff dr Saddel, na isch s no a bissle woicher«, hot r gmoind, mai Nochbr, dem gegaüber ih ja bloß a Handduach war.

Sai Ablick hot me wieder so richdig aufbaud. D Arschbacka send rechds ond lenks naghangd. Vom Saddel hot mr nex meh gseah. Der isch wahrschainlich von saim ausladenda Hendara vrschluckd worda. Aber gschdrahld hot r, mai neuer Schdudiofraind, fraindlich war r, en sich gruahd isch r, mit ainem Word, so a richdig positiva, ausglichana Frohnatur onder de maischd vrschwitzde, überagschdrengde, vrzerrde Gsichdr, dia masochisdisch an de Geräd ond onder de Gwichd glidda hend. Häddad se hald weniger uffglegd ond weniger agebba, was se für Mordskerle oder -mädla send.

Manche isch s no peinlich, wenn se des Gewichd vom Vorgänger a bissle reduziera miaßad, weil se s no et ganz schaffad. Ond na soddsch amol dia beobachda, dia no äbbas drufflegad. Do wird zerschd amol guggd, ob au oiner guggd ond na wird mit ainem überheblicha, geringschätziga Lächla om de Mundwinkel des Geräd höher aigschdelld. Wenn se na drei Wocha nemme siehsch, na war s zviel.

Andere probierad vor de Schbiegel, wia se am beschda rauskommad. Do werdad schdondalang Dehnübunga gmachd, für dia da bei Godd koin Schbiegel brauchsch.

So oiner war mai neuer Fraind also et, also et so wia der von geschdern, der Hongerhoka, dem s Ventiladorle faschd nausghaua hädd.

S oinzige, was gleich war, war, dass der etwas ausladende Mensch von heud genauso wenig gschwitzd hot wia des nervige Boinergschdell von geschdern. Ond mir isch noch zwoi Minuda scho wieder d Brüah nagloffa wia en dr Sauna, obwohl e desmol d Trainingsjack gar et azoga han, sondern bloß a T-Shirt. Mir war s en dr Zwischazeid au egal, ob mr main etwas andara Waschbreddbauch gseah hot oder et.

Also, s gibd et bloß scheene ond mit Modellfigura ausgschdaddade Menscha em a Schbordschdudio. Aigendlich, wenn da so widd, hend dia do henna jo garnex zom suacha, dia hend doch so a Training gar et needig. Ond jong send se au no. Bei dene wächsd sich s no aus, wenn se amol über d Schdräng hauad. Jetzd ih derf bloß äbbas fedd Druckds leasa, ond scho han e a Kilo meh.

Also, s gibd et bloß scheene, sondern au sodde wia main eba beschriebana Trainingspartner. S gibd Jonge ond Alde, Dicke ond Denne ond sodde wie mih, dia irgendwo drzwischa liegad. Mr brauchd sich also gar et scheniera, wenn mr en so a Schdudio gohd. Ih han a ganz falscha Vorschdellung drvo ghed.

»Sag amol«, han e main neia Fraind gfrogd, »worom schwitzsch du aigendlich et?«

»Ih schwitz bloß, wenn mr s z warm isch. Ond jetzd isch mr s hald et z warm.«

»Jetzd gugg doch mih a. Ih brauch bloß des Geräd agugga, na laufd mr scho d Brüah ra.«

»Angschdschwoiß.«

»A wa.«

»Na dua hald et so narrad. Den Fehler machad älle Afänger.«

»Zu mir hot dr Dengs, dr ...«

»... Heinz.«

»... dr Heinz gsagd, ih soll an dem Geräd so trainiera, dass mr s warm wird. Deswega däd des Aufwärmgeräd hoißa.«

»Der schwätzd viel, wenn dr Dag lang isch. So bald mir s z warm wird, gang ih ans Abkühlgeräd. Ih han deshalb s gleiche T-Shirt wochalang a. Do wird nex durchgschwitzd. Do wird d Waschmaschee gschond.«

»An was gohsch du?«

»An s Abkühlgeräd.«

»Wo schdohd des?«

»Do dromma.«

Ond na hot r zom Tresa nom zoigd, hender dem heud d Renade gschdanda isch ond drei Fraua mit Keksla ond Capuccino vrsorgd hot. Ond dia hend s wichdig ghed ond hend uffananander nai do. Jeda hot de ander mit Schbrüch übertreffa wölla. Se hend gschäddarad ond glachd ond se hend Figürla ghed, dass mr hot saga kenna, des gäb au a scheena Beddlad voll. So langsam han e a viel entkrampfdara Aischdellung zu maim Geburdsdagsgeschenkle kriagd.

»... ond do dromma, do üab ih na des einarmige Reißa mit ainem scheena Glas Hefewoiza. Des hilfd enorm. Drnoch bisch a ganz anderer Kerle.«

»Dia hend doch bloß Espresso, Vitamingetränke ond so a Glomb.«

»Tja, uff am Tresa. Für d Leud. Aber für s Schdammpersonal, für d Insaider sozusaga, do gibd s äbbas Rechds. Aber sei jo schdill ond schwätz nex.«

Ond na hot r mr zuablenzeld, mit am Kopf en Richdong Tresa gnickd ond na hot r sich langsam von saim Geräd rondergschdäld. S hot übrigens doch an Saddel ghed.

Ih ben au abgschdiega, vorsichdig, ond hender maim neua Fraind drai goierd.

»Zwoi Woizavitamintrunk mit Sahnehaube. Aber kald, wenn e bidda derf«, hot r zur Renade gsagd.

Dui hot sich buckd, isch a Weile onderm Tresa vrschwonda ond hot ons zwoi Longdrinkgläser uff dr Tresa gschdelld. Mr hot et seah kenna, was drenn war, wega dem Dekor. Aber mr hot s gschmeckd. Ond wia mr des gschmeckd hot. Ond wia des guad do hot. Ih glaub, ih han no nia so a guads Woiza dronka. Ond ih ben schlagardig a anderer Mensch worda. So wia s mai neuer Fraind profezeid hot.

»Ih woiß no et amol, wia da hoisch.«

»Bernd.«

»Ond ih ben dr Sebb. Proschd.«

An dem zwoida Morga ben e na nemme an dia Geräd komma. A neue Fraindschafd muaß mr pflega. Des isch wia a zards Pflänzle. Wenn mr des et gießd, gohd s ai. Also han e s gossa. Ond außerdem han e ja scho am halb ois zom Middagessa drhoim sai miaßa. Ih ben net amol meh zom Duscha komma, so hot s zom Schluss na bressierd. Ond Honger han e au koin meh ghed. »Man darf nicht vergessen, drei Bier sind ein Essen!« Bleeder Schbruch. Schdemmd aber.

Am dridda Dag hot me na glei dr Heinz an dr Dür abgfanga.

»Do isch mr oimol et do ond scho landasch beim Sebb ond saira Schbezialübung. Ih hädd mr s denka kenna. Aber heud ben e do. Ond heud begleid ih die, mai Liaberle. Der Gudschai muaß sich au lohna. So lang ih jetzd no gschwend telefonier, wärmsch de uff. Du woisch ja, siebaahalb Minuda ond koi Sekond weniger. Do homma hangd d Uhr. Ih sieh de fai.«

Ih ben mr vorkomma wia früher en dr Schual. Do hot mr me au öfders extra gsetzd.

Ih leg mai Handdüachle zamma ond leg s uff dr Saddel. Na schdeig e uff dr Evolution Pro ond s Handdüachle hageld wieder ra, weil e s mit maim Ahänger gschdroifd han. Ih schdeig wieder ronder, leg mai Handdüachle wieder zamma, leg s wieder uff dr Saddel, schdeig wieder nuff ond s Handdüachle liegd wieder uff am Boda.

»Schdeig doch zerschd druff ond schiabs na dronder, du Prinzessin auf dr Erbse«, lachd dr Heinz vom Tresa rom. So isch s na ganga. Ih wär mit dr Zeid scho no selber druff komma.

Ih han na s Drebbla agfanga, gmiadlich, noch Sebbs Ard. Dr Heinz hot gwedeld. Ih han so do, als ob e des et merka däd, ond han gmiadlich weiderdrebbeld.

»Du drebbelsch ja wia dr Sebb! Komm auf! Leaba zoiga! Sonschd wird des nia nex!«

Dr Heinz hot s nemme mit aseah kenna ond hot me uff Trab brochd. Ond mir isch wieder d Brüah ragloffa. Soichnass war e noch fenf Minuda ond de reschdliche zwoiahalb Minuda han e s auslaufa lassa, weil dr Heinz gschwend en dr Gymnaschdigraum hot miaßa.

»So, ond jetzd gangad mr nom zom Adductor ond aschließend zom Abductor. Ih leg dreißg Kilo auf. Des miaßd für dr Afang langa.«

»Wia gohd des ond für was isch des?«

»Wia s gohd, zoig ih dir. Des isch für die äußere ond innere Beinmuskulatur. Wenn da des bis Weihnachda üabsch, kosch mit de Oberschenkel d Nüss knacka.«

Uff oim Geräd hot mr dreißg Kilo wegdrucka, beim andara zammadrucka miaßa.

»Wia ofd muaß e des macha?«

»Guck, do en dr Midde von dem Zirkel, des isch a Wassersäule ond koi Limoautomad. En dr Rotphase machsch dia Übunga ogfähr zwölf Mol. En dr Blauphase isch Pause. Ond na machsch de gleich Übung nomal. Isch des bis do no klar?«

Zerschd hot s mr d Fiaß ausanander grissa ond am nächschda Geräd han e se nemme zammakriagd. Ond des soll gsond sai.

»Ond? Isch s ganga? Oder war zviel Gwichd druff?«

»S isch ganga.«

Ih han s hald zwoi Mol probierd ond na han e en dr Reschdzeid von dr Übungsphase en ruhender Lauerschdellung vrbrochd. Lauerschdellung deshalb, weil e emmer glauerd han, ob dr Heinz om d Eck kurvd ond kontrollierd.

»So, ond jetzd machsch a Vierdelschdond s Laufband. Langsam aganga lassa ond wenn de na lockerer bisch, kosch mit dr Gschwindigkeit a bissle hochganga. Aber et übertreiba! Ih muaß no gschwend telefoniera.«

Na ben e uff s Laufband gschdanda. Ih ben ja vorher no nia uff so am a Laufband gschdanda. Seither ben e no emmer selber gloffa, wenn s sai hot miaßa.

»Des isch a Laufband ond koi Schdandband!«, schreid dr telefonierende Heinz noch a paar Minuda durch s Schdudio. Ällas guggd. Ih au. Ond wia bleed.

»Du muasch des Geräd au aischalda. Am rechda Handlauf, oba rechds. Der grüne Knopf. Wenn da wieder ausschalda willsch, drucksch den roda! En dr Midde kasch d Laufgeschwindigkaid aischdella!«

Ih schdell des Deng a ond mih haud s über des Laufband na, so schnell han e gar et gugga kenna. Do muaß irgendso ain Bachl den Geschwindigkaidsregler ganz noch oba drehd han, auf honderd Meter en zeah Sekonda. Also, so isch mr s wenigschdens vorkomma. Ond na hot r des Deng nemme zrückgschdelld. Wenn da des übersiehsch, na nemmd dr s oifach d Fiaß weg.

»Du häddsch zerschd gugga miaßa, ob s auf Null schdohd«, hilfd mr dr Heinz wieder uff d Fiaß.

»Des woiß ih jetzd au.«

»Do hot hald wieder so ain Schbordsfraind et uffbassd. Also, wenn da ferdig bisch, emmer auf Null schdella. Jetzd woisch au worom.«

Mih hot s no nomal nagschlaga, aber desmol war e selber schuld. Ih han me en dr Laufgeschwindigkaid überschätzd. Ih han zerschd ganz langsam agfanga. Klasse. Ih ben sicherer worda. A bissle höher gschdelld. Prima. Leichder Trab. Nomal a bissle höher. Ond nomal. Ond nomal. Dr rode Knopf zom Ausschalda hot sich emmer weider entfernd. Ih han an nemme mit am ausgschdreckda Arm erreichd. Isch ja koi Problem. Ih schbreng oifach ronder ond lauf an dr Seide vom Laufband noch vorna ond druck druff. So weid, so guad ond au logisch. Aber wenn de en de falsch Richdong abschbrengsch, na isch des et so guad. Mr kennd saga, kontraproduktiv. Ih klaub me wieder zamma ond schdand uff.

»Bisch wieder raghageld?«

»Noi, mir isch bloß dr Schuahbendel uffganga.«

S muaß doch et a jeder wissa, wia bleed ih mi agschdelld han.

»Hosch auf Null gschdelld?«

»Ja, glei.«

»Et vrgessa! Du woisch ja! So, ond jetzd wird gruderd.«

»Was? An See hend r au?«

»Den muasch dr drzua denka. Vielleichd fälld dr s na leichder.«

Na ben e uff so a Bodageräd ghockd, han so an Holzgriff en d Hand gnomma ond han dra zoga. Drbei isch dr Sitz, der uff ama Schlidda mondierd war, noch henda ganga, also genau wia bei am a Ruderbood, hald ohne Ruder ond ohne Bood. S hot zwar ällas klabbd ond ih ben desmol au et raghageld, aber jetzd woiß ih au, worom dia Ruderer noch am a Renna so he send.

»Ond jetzd no auf am Spinning auslaufa lau, na bisch ferdig.«

No zwoi Dag. Emmer hoißd s, mr glaubd et, wia schnell d Zeid vrgohd. Aber dui Woch, dui hot scho au gar et romganga wölla. Sodde Fraind, dia oim so äbbas schenkad, dene sodd mr drfür a Wurzelbehandlung oder a Darmschbiegelung schenka.

Am Donnerschdag war dr Sebb wieder do. Außerdem ben e wieder a halba Schdond schbäder komma. Ih ben zwar drhoim om de gleich Zeid wia emmer weg, mir isch aber dr Herr Wagablaschd rain zufällig über dr Weg dabbd. Ond dem han e no a Gschbräch naighengd. Des war zwar ohne Inhald ond vollkomma onedig, aber der fraid sich emmer, wenn r a Aschbroch hot, ond mir hot s wieder a halba Schdond brochd.

»Gangad mr glei an s Abkühlgeräd oder willsch no tatsächlich vorher äbbas do?«

»Sebb, lass mr fai dr Bernd en Ruah, der muaß no sai Gschenkle abschaffa«, schreid dr Heinz drzwischa.

»Du hosch rechd, Heinz«, sag e, »sodde Gschenker sodd mr abschaffa.«

Ond na wenkd r me mit am Zaigefenger en an Neabaraum: Circuit-Training. Wieder schdohd so a Wassersäule en dr Midde ond wechseld emmer wieder d Farb. Rotphase dreißig Sekonda Pause, Grünphase oi Minud Training. Omkehrd wär mr s liaber. Ond wieder schdandad an Haufa Geräd em Krois rom: Bankdrücken, Seitheben, Butterfly, Beinbeuge, Rückenstrecker, Bauchpresse. Des hörd sich scho so oappetitlich a. Bauchpresse. S Middelalder lässd grüaßa.

Dr Heinz erklärd ällas. Dr Heinz zoigd ällas. Dr Heinz machd ällas oi Mol vor ond vrschwendad. Godd sei Dank, han e denkd, wenn der et emmer neaba mir schdohd, ka e s uff maine Bedürfnisse zuaschneida.

Ih mach zerschd amol a Pause. Ond scho schdohd dr Heinz do.

»Leaba zoiga! Fang do mit am Butterfly a, no machsch em Uhrzoigersenn wieder, bis da wieder am Butterflygeräd bisch. Dauerd mit Pause ogfähr a dreivierdel Schdond. Ih sieh de fai. Bscheißa kasch et.« Ond na zoigd r drbei an d Decke nuff, wo so a Ard Außaschbiegel vom a Audo hangd. Mit dem ka dr Heinz vom Tresa aus au den Doil überwacha, ohne dass r mit am Telefoniera uffhöra muaß. So ain …

Ih schend me a dreivierdel Schdond ab ond na gang e mit am Sebb ans Abkühlgeräd. Noch derra Schenderei han e des au vrdiend. Net amol dr Heinz hot gmauld. Ond dr Sebb war no furztrocka, obwohl der scho mendaschdens a Schdond uff am Evolution Pro ghockd isch.

Heud gohd mr s trotzdem besser als geschdern. Ja guad, geschdern war jo au dr dridde Dag, ond dr dridde Dag, des woiß mr ja vom Krankahaus, der isch emmer kritisch. Ond außerdem muaß e ja bloß no oimal na.

Freidag. Heud ben e wieder pünkdlich. Heud ben e au wieder guad druff.

»Hallole, Kerschdin, hallole Renade!«

»Was isch denn mit dir heud los? Isch äbbas?«

»Do isch mr oi Mol fraindlich zu de Leud.«

»Ja, scho, aber sonschd sechsch emmer ... ach du bisch ja heud z letzschd Mol koschdalos do. Du hosch jo dai Gschenkle abgschaffd. Jetzadle!«

»So ischd es, maine Lieben.«

»Jetzd kommad mr mit.«

»Ih geb nochher no a Ronde aus, aber zerschd wird no trainierd.«

»An de Geräd?«

»Wo sonschd?«

Ond na ben ih auf s Aufwärmgeräd gschdiega, auf main Evolution Pro, main Liaber, gekonnd, professionell, wia wenn ih nia nex anders do hädd, und dann, dann hab ih losglegd ond a gschlagana Vierdelschdond, also et bloß siebaahalb Minuda, noi, a gschlagana Vierdelschdond mit am Sebb gschwätzd.

Drnoch ben ih nom zom Champion-Circuit, ben an sämtliche Geräd a Weile nagloind, han aus de Augawinkel nomal dia haimtückische Liegana gmuschderd, ben hoch erhobenen Hauptes am Laufband ond am Rudergeräd vorbei nai en da Neabaraum zom Circuit-Training stolzierd, han me a Weile uff d Beinbeuge ghockd ond ben na, wia jeden Dag, uff dr Spinner gsessa.

Dr Heinz isch raikomma.

»Fleißig, fleißig. S gohd doch. Siehsch. Ond scho isch a Woch rom.«

»Schnell ganga. Ih lass bloß no auslaufa. Kommsch na au an Tresa, ih spendier no a Ronde zom Schluss.«

Ond na send mr no ewig vrhockd. Dr Heinz hot me na hoimgfahra, so ferdig war ih.

Übrigens, ih gang emmer no en s Schbordschdudio. Ih zahl sogar selber. Dr Heinz, dr Sebb ond s Abkühlgeräd send emmer no do.

A Gluadhitz

A Gluadhitz isch, mr schdrackd bloß rom,
Schwoiß rennt oim na en Bächla,
mr hoffd, dass bald a Gwidder komm,
mr liesd et, mr muaß fächla.

Sui schdöhnd, schdohd uff ond gohd en s Bad,
will onder d Dusche schdanda,
er schdrackd em Lehnschduahl ond duad grad,
wia wenn se et vorhanda.

Mr muaß drzua sa, dass dia Leud,
so om de siebzga send,
ond des, was an Erotik geid,
s Maischd hender sich scho hend.

»Mach de doch au a bissle frisch,
kasch au schdadd duscha, bada,
was glaubsch, wia dir s na wohler isch,
uff koin Fall däd s was schada.«

Doch er schwätzd nex, denkd en sich nai,
»lass mr mai Ruah doch bloß«,
langd nom zom Glas ond trenkd sain Wai,
em Lehnschduahl en dr Onderhos.

A halba Schdond isch na a Ruah,
er ruaßeld zfrieda vor sich na,
ehm fallad saine Auga zua,
s schdrengd oin heud ällas a.

D Baddür gohd uff, er drehd sich rom,
ond sui kommd raus ganz näckig,
er wonderd sich, guggd zua ra nom,
»ben sauber, ond du dreckig.«

»Ih sieh s, jetzd ziag hald äbbas a,
wenn äbber kommd ond so.«
»Du bisch schaind s doch an alder Ma,
früher warsch drüber froh.

Woisch no, was gsagd hosch, lang isch s her,
es ischd das Klaid der Liebe.
Des fälld dr heud schainds richdig schwer,
von wega Luschd ond Triebe.«

Er wenkd bloß ab ond guggd se a,
von vorna ond von henda,
na sechd der Gmiadsmensch vom a Ma,
»s häddsch vorher biegla kennda.«

BAD

S Wedder

S Wedder isch hald, guader Ma,
et so, wia mr s braucha ka.
Willsch a weng em Gärdle häckla,
a bissle omanander dreckla,
kasch druff ganga, s wird so sai,
s reagnad dr en s Gschäfd dranai.

Willsch uff am Rädle oder so,
äbbas für dain Ranza do,
na isch z schwül ond z hoiß isch au,
na läschd dai Rädle wieder schdau.
Hocksch uff d Terrass ond wardasch hald,
ond z mol isch dr s na wieder z kald.

Egal, wia narrad mr au duad,
für a Ausred isch s Wedder emmer guad.

Deure Schuah

A Wengerder aus Metzinga,
der war koi reicher Ma,
der guggd, was will er sonschd au do,
beim BOSS sich äbbas a.

Ehm gfallad so dia Bally-Schuah,
des wär hald doch sai Traum,
dia lassad ehm scho gar koi Ruah,
doch wohr wird der wohl kaum.

Doch aines Tags, do hot er Glück,
verkaufd sain ganza Wai,
au finanziell gibd des a Schdück,
er saud zom BOSS glei nai.

Na kaufd r sich dia Bally-Schuah,
ond ziagd se au glei a,
er gohd no en dr Ochsa nom,
des feierd r, der Ma.

Mit ainem scheena Ruaß em Gsichd
ond schdolz uff saine Schuah,
dabbd er na hoim, s isch au no Lichd
em Schlofzemmer, sonschd isch a Ruah.

Er ziagd sich na ganz näckig aus,
doch d Schuah, dia lässd er a,
so dabbd r en sai Schlofschdub nai.
»Om Goddas willa, Ma!«

»Main liebes Weib, was fälld dr uff?«,
frogd er vor ihram Neschd.
»An jesas Rausch hosch«, sechd se druff,
kriagd langsam au an Jäschd.

»Ond sonschd siehsch nex? Do gugg doch na,
gugg gnauer an mr nonder.«
»S isch hald wia emmer, guader Ma,
s hängd ällas an dr ronder.«

Se fangd a Lufd zom holla
ond zischd durch ihre Zäh:
»En Huad häddsch kaufa solla,
des wär mr liabr gwä.«

A Referad

Do schwädzd oiner

do hörd oiner zua
do hörd oiner kaum zua
do hörd oiner kaum no äbbas
do guggd oiner zom Fenschdr naus
do grubeld oiner en dr Nos
do liesd oiner an Reiseproschbekd
do gähnd oiner
do schlofd oiner

do hörd oiner zua
do hörd oiner grad no zua
do hörd oiner äbbas
do guggd oiner an Blaffo nuff
do flüschderd oiner
do mold oiner
do guggd oiner en sich nai
do schloft oiner

do hörd oiner zua
do hörd oiner kaum zua
do hörd oiner kaum no äbbas
do guggd sich oiner en Klee an dr Wand a
do hörd oiner saim Nochbr zua
do machd oiner a Kreuzwordrätsel
do schdreckd sich oiner

do gohd oiner uffs Klo

kommd aber nemme

ond drussa

schdandad

scho

au a

baar rom

Mundart von Bernd Merkle

Isch des schee !

Heitere schwäbische Kurzgeschichten und Gedichte

Illustriert von Helga Merkle. 144 Seiten, fester Einband. ISBN 978-3-87407-637-1

So semmer hald

Heitere schwäbische Kurzgeschichten und Gedichte

Illustriert von Helga Merkle. 144 Seiten, fester Einband. ISBN 978-3-87407-552-7

Mr sodds et glauba

Heitere schwäbische Kurzgeschichten und Gedichte

Illustriert von Helga Merkle. 144 Seiten, fester Einband. ISBN 978-3-87407-519-0

Das Leben ist eines der schwersten! Aber es schreibt die besten Geschichten. Besonders in Schwaben. In diesen drei Bänden erzählt Bernd Merkle kurze Geschichten mit hintergründigem Humor und gibt augenzwinkernd treffende Gedichte zum Besten.

In Ihrer Buchhandlung.

Silberburg-Verlag

www.silberburg.de